「待たせたな！　ルイン！　魔王サシャの特別な姿、
その目に焼き付けるが良い！」
シャ。海に行くよ」

「死を恐れぬのであれば、かかってこい！」

サシャ
『死の魔王』と呼ばれた最古の魔王。

あらゆるものを破壊する炎を生み出す。

「……ご苦労さま。もう大人しくしていていいよ」

リリス
ルインにテイムされた『獣の魔王』。

全ての魔物の力を再現する能力を持つ。

「少しくらいは、楽しませてくれるのかしら？」

アンゼリカ
『支海の魔王』として君臨した女帝。

海に生きる生物や、海そのものを操る。

「いわば、全ては遊戯と同じことよ」

現魔王
世界を支配しようと動く8人目の魔王。

今はまだその正体も能力も謎のまま。

彼女は全てを振り切ったような表情で、
不遜なまでの笑みを浮かべて、こう叫んだ。
「ありがたく思いなさい。
あなたに——
あたしを配下にする
権利をあげるわ！」
「ああ。【支海の魔王】アンゼリカを——
テイムする！」

魔王使いの最強支配 2

空埜一樹

HJ文庫
979

口絵・本文イラスト　コユコム

The demon lord tamer's
strongest domination

序章――前兆は、かくの如くして

　大陸において南に位置する国、フィクシス。

　その領地を治める王は、今、奇妙な感覚を抱いていた。

「……この国に関しての重要な報告がある、とのことだったが？」

　謁見の間に座した王が見下ろすのは、一人の男だ。といっても性別を判断したのはその声の低さからであり――彼の姿は今、頭から外套に包まれている。

　当初、王の御前で素顔をさらさぬことに配下の者から咎めの声はあったが「昔に負った酷い傷の為、王にさらして良い顔ではなくなっている」という男の答えによって、ひとまずは不問となった。

「さように御座います。長い間、秘して語るなと言われてきたことでは御座いますが、私の良心がついに許さず……卑しい身分ながら、こうして王の御前に参上して御座います」

　男は、自らの名をノウグと名乗った。この国の人間であるならば一度は耳にしたことがあるであろう『ある街』の出身であるという。

……本来であれば、一介の民が王に直接謁見するなど、許されることではない。

だが男を連れて来た大臣が、とにかく彼の言うことを聞くべきである、と強く主張して来たのだ。

その時、直属の配下である彼の表情や言動に、微かな不自然さ——たとえるなら、どこか虚ろめいたものがあるように感じた。

しかし、はっきりとどこがおかしいと断じる要素もない。よって、気のせいであろうと判断し、そこまで言うのであればと特別に許可を出したという訳である。

ノウグの言葉遣いや態度に真摯なものは感じ、疑う部分がなかったというところも大きかった。

しかし、

（なんなのだ。この、違和感は……）

『卑しい身分』であるはずの男から、どこか言語化しにくい、何らかの【圧】のようなものを覚えていた。国王であるはずの自分ですら、息苦しさを覚えるような。

馬鹿なと一笑されれば、なるほど、確かにそうだと同意するだろう。それでも拭いきれない気持ち悪さのようなものはあった。

それは、権力者として様々な人間と出会い、言葉を交わしてきた立場が故に起こったことなのかもしれない。実際、場に居る他の者達は特に気にしていなかった。

「申してみよ。お主が……いや、『あの街』が隠していたことというものを」

「は。では失礼ながら、申し上げます。実は、あの街は――」

だが、その後に男から告げられた事実は、王のそんな形にならない不安を掻き消してしまうほど、衝撃的なものだった。

「……なんだと」

思わず、玉座から腰を浮かす。

「なんだと！　それは……それは、誠なのか⁉　ノウグとやら！」

もしも虚偽であったのならばただではおかぬ。

そんな、脅しも含めた問いかけではあったが、それでも尚、男は言った。

「はい。全て事実に御座います」

謁見の間がざわつきを見せる。誰もが、男の口から紡がれた話に動揺を隠せていない。

「なんという……なんということだ……」

王もまた、普段の威厳を忘れ、呆然とその場に立ち尽くした。

「……もしそれが本当であれば、早急に対策を打たなくてはならぬ」

ようやく、再び玉座に腰を落ち着けて、王は小さく呟く。

「ええ。……何卒、お願い致します、国王様」

混乱が広がり始めた謁見の間で。

ノウグだけが、ただ不気味なほど冷静に、そう囁いた。


昇り始めた朝日が、島に淡い光をもたらしていた。

寄せては返すさざ波は、静寂にわずかな彩りを加えている。

「……本当に行くのか、ルーナ」

男が問うてくる。その声音は落ちつきを持っているが、表情には不安が見てとれた。

彼だけではない。その背後に控える者達もまた、同様の想いを抱くように佇んでいる。

「はい。街に向かうことが出来るのは、ボクだけですから」

そんな彼らを元気づけるように、ルーナはわざと大きく、明るい声を上げた。

だがそれでも皆の顔は晴れないままだ。

「確かにそうだ。しかし、向こうでは何があるか分からぬ。もしお前の正体が知られることがあれば、どうなるか」

心配そうに眉根を寄せる男に、ルーナは満面の笑みを浮かべる。

「大丈夫ですよ。それに……一刻も早く状況を知らなければ、島の皆が危ないんです。そろそろ食料の備蓄も尽きそうですし、いつまでもこのままというわけにもいきません」

「……そうだな。ルーナの言う通りだ。出来れば、まだ幼いお前を頼るようなことにはしたくなかったが」

　忸怩たる口調で述べていた男は、しかしそこで、力無く首を横に振った。

「こうなってしまえば仕方がない。だが、本当に気を付けるんだぞ」

「ルーナは知らねえかもしれねえが、世の中には悪い奴も大勢いるんだ。そういうのに引っかからないようにな」

「そうよ。変なのに声をかけられても、ついていっちゃダメよ？」

　皆からも口々に言われ、ルーナは一人一人に対し「はい！」と力強く答えていく。

「皆さんのことは、ボクが必ず助けてみせます！　任せて下さい！」

　握った拳で胸を叩くと、振り返って歩き始めた。

　波打ち際に停泊している小型の船に向かって進んでいく。

「元気に帰ってこいよー！」

「あなたの身の安全を第一にしてね！」

「変なもん食うんじゃねえぞ！」

　背後からの声にルーナは後ろを向き、手を振ると、再び前を向いて小走りになった。

桟橋から船に飛び乗り、帆を張って、縄を解く。
気持ちの良い風と共に、やがて、船体はゆっくりと動き始めた。
（ボクの行動に、島の皆の命がかかってる。頑張らなきゃ……）
決意と共に見つめる先、遥か向こうの水平線から、太陽が完全に姿を見せる。
その輝きは海原を照らし、世界を眩く浮かび上がらせた。
希望をもって進めば、絶対に目的を達することが出来る。
目の前の景色から、そんな風に励まされている気がして――。
「やりますよーッ！」
ルーナは思わず、高々と拳を掲げるのだった。

第一章――灼熱の街にて

The demon lord tamer's strongest domination

天から降り注ぐ日射は、暴力的なまでの熱を孕(はら)んでいる。

街に入ってすぐにある広場にも陽炎(かげろう)が立ち、むっとするような空気が体をじわじわと蝕(むしば)んでいた。

「……あづい……」

ルインとて気温の高さは実感しているし、肌(はだ)を焼くような陽光への辛(つら)さも感じていた。

だが、隣(となり)に居る少女ほどではないと、それだけは断言出来る。

「あーづーいー」

喉(のど)を絞(し)められた猫(ねこ)のような声を出しながらしゃがみこむ彼女(かのじょ)――サシャへ視線をやって、ルインは言った。

「暑い暑いって言うから余計に暑くなるんだよ」

「なんじゃその世迷言(よまいごと)は。なら寒いと言えば寒くなるのか。寒い寒い寒い寒い寒い！　おい！　全然ならんぞ！」

「苛ついてるからって難癖をつけて来るなよ……」

眉を吊り上げて食って掛かるサシャをいなし、ルインはもう一人の仲間へと向く。

「ほら。リリスは平気な顔をしているぞ。同じ魔王として恥ずかしいと思わないのか」

ルインの言葉を聞いて、この気温の中で涼やかとも思える色の髪を持つ少女、リリスはぽつりと呟いた。

「あつい」

「……え？」

「あつい。あつい。あつい。あつい。あついあついあついあついあついあついあつい」

恐い。

無表情である為、感情豊かに嘆いているサシャよりよほど鬼気迫るものを感じた。

「ほら！　リリスも言っておるではないか！　如何に魔王とはいえ、この暑さの中では威厳もくそったれもないのじゃ。今すぐ帰るぞルイン」

「ダメだよ。大事な目的があって来たんだから」

ため息をついて歩き始めたルインに、サシャは「えええええ」と不満たらたらに、リリスは「あつい……」と同じことしか口にせず、それでもついてくる。

「しかし、ルイン。お主の情報に従ってこの港町――ラシカートじゃったか――まで来たが、本当にキバの要望には応えられるのじゃろうな？」

「うん。オレの記憶違いとかでなければ、ね」

言いながらルインは辺りを見回した。

広場を北に進んだ大通りには、多くの露店が軒を並べていた。地元の人間が作った民芸品や、太陽光を防ぐ為の帽子なども売っているが、特に目立つのは海産物だ。

新鮮な魚や貝などが軒先に並べられ、中には網で焼いて観光客や旅人に渡している者もいた。さすが、海に近い港町というべきか。

「……ねえ。そもそも、どうしてこの街に来たんだっけ」

肩を落とし、目を細めながら、リリスが訊いてきた。酷く気落ちしているように見えるが、恐らく、耐え難い暑さに辟易しているだけだろう。

「なんじゃ。お主も同じ場に居たであろう。忘れたのか」

「あー。そんな気もするけど。この気温で記憶が飛んだ」

サシャに答えるリリスの顔は冗談には見えなかった。ルインは苦笑して、

「一週間くらい前のことだよ。ほら、ウルグの街を出てしばらくした頃——」

ゆっくりと、語り始めたのだった。

ウルグはリステリアの中において、とりたてて目立つところのない街だ。

だがルインにとっては忘れられない場所となった。

世界に封印された七人の魔王。その内の一人【死の魔王】サシャと邂逅したことで、ルインのジョブ【魔物使い】はハイレア・ジョブ【魔王使い】へとクラスチェンジした。

そこから様々なことがあり、サシャと共に他の魔王を仲間にしながら、人間と魔族、対立する二種族の融和を目指して旅立ったのだが――ウルグの街でまさかの【獣の魔王】リリスと対決することになったのだ。

しかも彼女を連れて来たのはルインをパーティから追放した幼馴染、勇者クレスだった。

結果的に言えば、リリスはルインによって倒され、配下としてテイムされることになる。

事を解決したルイン達は、ウルグを出発。当初は三人目の魔王を探すべく、西を目指していた。だがその途中ルインは、

「いつでもいいぞ、リリス」

街道を外れた人気のない、障害物の少ない草原で、リリスと対峙していた。

短く切った、空を映したような色の髪。切れ長の目と薄く小さな唇を持ち、額からは尖った角を生やした彼女は――腕を交差し、大きく息を吸い込む。

「――ッ！」

次いで、空が輝割れるかの如き咆哮を上げた。

彼女の両腕が、みるみる内に変化していく。膨れ上がり強靭な筋肉を宿したかと思うと、そこから長く灰色の毛を生やし、両手の先に鋭い爪を生やした。

腕だけでなく両脚も同じように、まるで獣のような姿を見せていく。

最後に、腰からふさふさした毛を生やすと、リリスはその場に四つん這いになった。

「……【アサルト・ウルフ】の能力か」

ルインは該当する魔物の名を告げた。

魔族であるリリスは、人間のように『ジョブ』や『スキル』はもたないが、その代わりに『権能』と呼ばれる不可思議な力を扱うことが出来る。

彼女のそれは【魔骸號身】と呼ばれ、人を害する異形の存在――魔物の力をその身に宿すことが出来た。獣の魔王、と称される所以である。

「速度に関しては随一だからね。武器の効果を試すには丁度いい。それじゃあ――行くよ」

宣言と共に、リリスは大きく身を屈めた。その口元からわずかに歯を見せた、その直後。

彼女の体は耳鳴りのような音を残し、瞬時に掻き消えた。かと思えばルインのすぐ目の前に現れる。尋常ならざる速度は視認することさえ難しかった。

しかしそれでも鍛錬を重ねたルインの目は彼女の軌道を捉えており、すぐ様反応する。

体を沈めると、後方へと跳躍。着地と共に、リリスが動くより先に次なる行動をとった。

「【魔装覚醒】！」

突き出した手の先から、轟々と炎が立ち上る。だがその色は紅蓮ではなく、漆黒。

【死の魔王】サシャをテイムしたことにより手に入れた魔王使いのスキルであり、内部で様々な効果を持つ武器を生成できる。ルインは躊躇なく炎に手を突っ込むが、熱さは感じなかった。素早く引き抜くと、内部から、ある物が現れる。

柄からは鎖が伸びており、その更に先には巨大な鉄球が繋がっていた。

『スキル使用による【魔装の破炎】の発動。【獣王の鉄槌】を選択しました』

目の前に出現した、ジョブを持つ者だけの前に現れる女神からの言葉【託宣】が告げる。

ルインは鎖を握ると勢いよく振り回し、リリスに向けて投擲した。

鉄球が虚空を貫きながら獲物を狙う。リリスは瞬間的な移動によってそれをかわし、更に前に出た。ルインは素早く鉄球を引き戻すと、次々に攻撃を繰り出していく。

リリスはそれらを高速で回避していくものの、一向にルインとの距離を詰めることが出来ないでいた。ルインがリリスの視線やわずかな体の仕草等から次に移動する場所を予測し、先んじてそこへ鉄球を投げているからだ。

そのせいで彼女は、攻勢へと出る前に慌てて後ろへ退くことしか出来ないでいる。

「さすがルイン。戦い方が一味違うね」

何度目かの鉄球から逃れたところで、リリスは疲れたように短い息をついた。

「だけど、いくら模擬戦といったところで、私も魔王と呼ばれた身として、ただ負けるわけにはいかない」

そう呟いた直後。リリスの右腕が変化した。狼を思わせるそれが、まるで熱された氷のように溶けていき、代わりにドロドロとした土色の、半液体状のものを纏う。

「それは……【マッド・ドール】か⁉」

魔物使いとしての経験から、ルインはすぐに見抜いた。

「そう。ルインにテイムされたおかげで魔力が随分と戻ったからね。体を変化させるだけでなく――こういう芸当も出来るようになった」

言ってリリスは右腕を強く振った。纏わせていた半液体状の物質が大量に千切れて舞って、空中で幾つかに分かれると、地面に落ちる。

その表面が泡立ちを見せたかと思うと、瞬く間にあるものが形成された。

長槍をもち、頑強な鎧に身を包んだ兵士だ。ただし、全身が泥で出来ている。

またそれだけではなく、巨大な獅子にも似た獣も、同じような素材で造られていた。

「なんじゃあれは⁉　けったいな真似をしよって」

後ろで見守っていたサシャが驚くのに、ルインは説明する。

「マッド・ドールは泥に包まれた魔物だ。それを飛ばすことで、様々な姿をした配下を生み出すことが出来る」

「全員を一度に操るのはかなりの魔力を必要とするから、ウルグの時は出来なかったけどね。……さぁ、行って」

リリスの命に従い、十数人の兵士と獅子が、一斉に動き始めた。

「なるほど。考えたな。これじゃリリスだけを狙うわけにはいかない」

ルインが泥人形達を相手にしている間に、彼女は悠々と迫ることが出来るというわけだ。

「そういうこと。それじゃ――戦いを、再開するよ」

リリスはアサルト・ウルフの強化された脚力で、地面を蹴った。

その間に牙を剥いて襲い掛かってくる泥の獅子に、ルインは鉄球を叩きつける。

泥で出来ているとは思えない硬い手応えがあったものの、頭の半分が一気に砕け散った。

だが、それはすぐに再生し、相手は何の痛痒も感じていないというように咆哮する。

眼前で振り下ろされる爪を、ルインは地面に手をついて避けた。

しかし、そこには既に兵士達が集っており、不気味なほど統率された動きで槍を突き出してくる。

すんでのところで後方へと逃れ、ルインは鉄球を振り回しながら泥人形達と向き合った。

「そっちに気を取られていると、やられるよ」

刹那、肉薄してきたリリスが拳を突き出してくる。ルインは咄嗟に得物の鎖で彼女の腕を縛ると、旋転して遠方へと放り投げた。

「さすがに厄介だな……」

ルインは泥人形達の攻撃をかわしながら、どうしたものかと思考する。

「おい、いくらなんでも、一人に対して卑怯じゃろうが」

サシャが非難するものの、リリスは肩を竦めるだけだった。

「私もルインも、自分の能力を使っているだけ。別に反則じゃない」

「しかし、それでもじゃな――」

「いや。リリスの言う通りだ。別に複数で挑んでくるなと言ってない」

ルインが抗議しようとするサシャを遮ると、彼女は不満そうにしながらも黙り込んだ。

「そういうこと。どうする？　降参する？」

リリスが再び戦闘態勢をとりながら、挑発的に問いかけてくる。

それに対し――ルインは、あっさりと答えた。

「いや。勝てる試合を投げる訳ないだろ」

予想外の言葉だったのか、「……え？」と珍しく、ぽかんとしたような顔を見せるリリス。

その隙にルインは、大きく腰を捻り、最大の膂力で鉄球を投擲した。

鎖が、泥人形達を避けるようにして弧を描きながら、リリスに向かって飛んでいく。

「そこから仕留めるつもり？　無理だよ。距離があり過ぎる。届くわけがない」

呆れたように言って、リリスが体を前傾させる。

「なにを考えているかは知らないけど、さすがのルインでも……」

彼女が、そのまま走り出そうとした、その直後。

ルインは、己の得物へと、強く命じた。

「動け――【王命天鎖】！」

直後。得物に変化が起こった。

一瞬、鎖が震えたかと思うと――一気に伸長したのだ。

「……ッ!?」

リリスは予想外の展開に驚き、わずかに対応が遅れた。それが致命的となる。

一度は避けられたものの、ルインは柄を引いて鎖の軌道を急角度で変え、鉄球を彼女の体に打ち付けた。強烈な衝撃に翻弄され、リリスは無造作に吹き飛ばされる。

ルインは疾走を開始すると、泥人形達の攻撃を次々と掻い潜りながら、彼女に接近。

「くっ……！　こんな力が！」

リリスは、それでも素早く体勢を立て直そうとしたが、

「そこまでだ」

既にリリスの目の前まで接近していたルインが、彼女に切っ先を突きつけていた。

【獣王の鉄槌】を消し、新たに生み出した長剣【破断の刃】である。

リリスはしばらく、無言のままルインを見つめていたが、

「……はあ。分かった。参った」

やがてはため息をつき、権能を解いた。彼女の身が通常の状態に戻る。

ルインが振り返ると、背後に迫っていた泥人形達も雨に打たれたように溶けていき、ただの水たまりと化していった。

「フハハハハ。リリスも中々の奇策であったが、ルインには敵わなんだか」

満足そうな高笑いと共に、サシャが近付いてくる。

「……あらかじめ効果を知っていたら、対処出来たよ」

ふて腐れたように返すリリスに、サシャはしてやったりという顔で告げた。

「武器の効果を先に伝えろなどと、お主はルインに言わなかったじゃろう。であれば別に反則ではないのう」

反論できないと思ったのか、リリスはそのまま、悔しそうに顔を背ける。

「いや良いモノを見せてもらった。しかし、鎖付きの鉄球……それがルインの新たに手に入れた武器、か」

「ああ。リリスをテイムしたことで追加されたんだ」

休憩中、魔王使いのジョブについて調べていたルインが気付き、効果を試す為にリリスに模擬戦を依頼したのである。

「鎖が伸びるのが効力？」

ルインが差し伸べた手を握って起き上がりながら、リリスが言う。さすがに魔王というべきか、先程の一撃を受けてもほとんど傷を負った様子がない。

「その通り。獣王の鉄槌は、命令すれば無限に鎖が伸び続ける武器なんだ」

「便利と言えば便利じゃが……他の武器に比べるといささかに、地味じゃな。まあ、わらわの力を体現したものが強過ぎるということかもしれぬがな！」

勝ち誇ったようなサシャに、リリスはむっとしたようにわずか、眉間に皺を寄せた。

「いや、そういうわけでもなくて、他に効果もあるんだけど……今日はとりあえずの具合を確かめるって意味で、そっちに絞ったんだよ」

「本当？　そっちはサシャのやつより強い？」

なんとなく期待をかけられているような目でリリスから見られ、ルインは返答に困る。

「いや、そう、単純に比べられるものでもないというか……ははは」

笑って誤魔化し「さ、昼ご飯でも食べて、もう少し休もうか」と鞄から、あらかじめウルグで買っておいたパンを取り出すと、リリスに渡した。

「……。まあいいか」

未だ不満はあるようだったが、目の前の食べ物に興味を奪われているのか、リリスは近くにあった切り株に腰かけると噛り付いた。

「ルイン、わらわにもくれ。はようくれ。今すぐくれ！」

「分かった、分かった。君は見ているだけなのにお腹空いたのか」

「基本的にわらわは常に空腹じゃぞ！」

胸張って言うことじゃないな、と思いながらルインが野菜、チーズ、ハムの挟まったパンを渡すと、サシャもまた舌なめずりをして食べ始める。

ルインは自分の分のパンを一口齧って、咀嚼しながら、意識を集中。

託宣を呼び出し、自らのハイレア・ジョブの状態を確かめた。

スキル【魔装の破炎】の項目には、先程使った【破断の刃】と【獣王の鉄槌】の他に【孔滅の槍】と【爆壊の弓】が並んでいる。

ルインはそこから目を逸らしたところで、「ん」と声を出した。

「ふぉうふぃたのじゃ、ふぃふぃん」

託宣を見ながら、前方からかけられた奇妙な声に答える。

「いや。リリスをテイムしたことでジョブ自体の段階が向上して、武器以外にも新しいスキルを覚えたんだ。その内容を調べてた」

「ふぉふぉう。ふぉのようなふぉのなのふぁ」

「攻撃用のものじゃなくて……というか食べ物を口に入れたまま喋るなよ。行儀悪いぞ」

託宣から目を逸らしたルインは、目の前に座っているサシャに注意した。

長く艶やかな黒髪に、白磁のような肌と大きな瞳。ふくよかな胸に引き締まった腰と均整のとれた体つきと相まって、女性として非常に魅力的な容姿をしている彼女だが、それも大口を開けて巨大なパンを口にしている状態では台無しだ。

ルインの持っているそれに比べると三倍、いや、五倍はあろうかというものを、まるでリスのようにして端から齧っている。

「言ってることよく分かるね、ルイン」

どこか感心した様子で、右に座っているリリスが言った。

彼女が持っているのもまた、サシャに勝るとも劣らぬ大きさのパンだ。ただし彼女と違い、香辛料をたっぷりとまぶし、独特の匂いがするタレで焼かれた分厚い肉が挟まっている。

【権能】は、使う度に体内を循環する【魔力】と呼ばれる力を消費するのだが、同時に生物が運動する際に必要とされる熱量をも奪っていくらしい。

だから自分達は一様にして大食いなのだ、というのは、サシャの言である。

本当かどうかはともかくとして、サシャもリリスも驚くほどに食事量が多いのは確かだった。それはともかく――。

「ん、なんとなくな。それよりリリスは野菜も摂取しないと不健康になるぞ」

「お母さんみたいなこと言うね。魔王だから大丈夫だよ」

「説得力はあるんだが根拠に欠けるんだよな……まあいいか。【破界の門】ってスキルが増えてるな」

「はかいのもん？　なんじゃそれは」

口元にチーズの欠片をつけたままきょとんとするサシャに、ルインは軽く頷く。

「ええと……説明にはこうある。『現時点の場所と【死の魔王】が封印された場所を繋げる門を生み出す。門は永続的に出現させることも、使い手の意志によって消去することも可能。通過できるのは魔王使いによって認められた者のみである』……と」

「ん。つまり、今いるところとサシャの城を一瞬で行き来できるってこと？」

恐らくは、とルインがリリスに首肯すると、サシャがパンを持ったまま立ち上がった。

「ほう。それは確かに興味深い！　全てを破壊せし力を持つわらわであるからこそ、距離すら亡きものに出来るスキルであるということか！」

残り少なくなったパンを食いちぎって、あらぬ方向を指差す。

「ならばルイン、早速やってみるのじゃ！　新たなスキルお披露目の時間であるぞ！」

「え。今ここで？　……まあ、いいか。サシャの城に行ったキバ達のことも気になるし」

ルインは残ったパンを口に放り込むと、腰を上げた。

「キバって、ルインが前に仲間にした魔族だっけ」

リリスが、自分の顔より大きなパンに噛り付きながら見上げてくる。

「ああ。他の魔族や子ども達と一緒に、オレやサシャが居ない間、城を守ってくれてるんだ。……よし、試してみよう」

ルインはその場から少し離れて、虚空に手を翳した。幸い、辺りは何も無い平原が広がっている。何が現れたとしても問題はないだろう。

「スキル発動。――【破界顕現】」

ルインの言葉に、爆発するような音が響き渡った。同時に目の前へ漆黒の炎が上がり、それはやがて意思を持つように二つに分かれ、形を変化させる。

瞬きする間もなく生まれたのは、全体が黒水晶の如き煌めきを持つ、細緻な彫刻の施された立派な二本の門柱。次いで、その間にある空間が、まるで渦を巻くようにして歪んだ。

「へえ。なんだか、すごいね」

パンを片手にリリスが近付いて行き、不気味な唸りを上げる空間を指で突く。すると、彼女の指先だけが掻き消えた。手を引くと無事に現れる。

「門柱の間にある空間だけが別の場所と通じてるのか……。そういえば【孔滅の槍】も穂先だけを離れた場所に移動させる武器だったし、その応用と考えればいいのかもな」

ルインの言葉に、サシャがうんうんと満足そうに頷いた。

「さすがわらわの力。最古にして最強の魔王の名に相応しい代物よ」

「最古はともかく最強は違うでしょ」

興味深そうに門を眺めていたリリスが、聞き捨てならぬとばかりに振り返る。

「一対一で戦ったら私の方が強いし」

「あ？　なんじゃと？　わらわの方が強いに決まっておろうが。破壊の炎を操るのじゃぞ。お主はあれだ。腕とか脚をなんか気持ち悪いのに変化させたり、珍妙な人形を生み出すだけではないか。それこそあれじゃ。大道芸の域じゃ」

「あらゆる魔物の力を意のままに使える方が便利だよ。サシャの炎はただ壊すだけ。乱暴で品がない」

「おい！　強さと品格は関係ないじゃろう！　大体、品はある！　躍るように舞う漆黒の炎の美しさを理解できぬか⁉」

「ふん。サシャこそ魔物の体が持つ芸術性と、それを我が物に出来る素晴らしさが分からないなんて、まだまだだね」

「面白い……ならばわらわ達の権能、どちらが優れているか勝負といこうではないか！」

叫びと共にサシャが両手を上げると、全身から闇深き炎が立ち昇った。それは天すら焼き尽くさんとばかりに高く迸る。彼女の権能【絶望破壊】の発動だ。

「いいよ。前回はルインと二対一だったから、正々堂々とケリをつけよう」

リリスもまたそれを受けて、両腕を振った。刹那、その肌が膨れ上がり、硬質化。即座に灼熱色に染まると、びっしり鱗が生え揃った。

「いざ尋常に――」

「――勝負！」

サシャが手を突き出すと炎が動き出し、蛇のようにのたくりながらリリスへ向かう。

対するリリスは割れんばかりに地面を踏みしめ、疾走を始めた。――そして。

「こら！　二人とも、やめろ！」

「ぎゃん！」「へぶっ」

ルインが命じると、二人はその場に勢いよく突っ伏した。

同時にサシャの炎は音もなく消失し、リリスの腕も元に戻る。

魔王使いは、テイムした魔王を自在に使役できる。命令一つで権能を無効化し、その身を地に伏せさせることなど造作もなかった。

「君達はどっちも強い。それでいいだろ！　こんなところで喧嘩している場合じゃない！」

腰に手を当ててルインが叱ると、地面に倒れ伏したまま、サシャ達は情けない顔で見上げて来た。

「い、いや、しかしじゃな、ルイン。魔王の矜持というものが」

「ここではっきりさせておかないと、後々響くかもしれないし」

「響かない。二人とも今は仲間なんだから、対立するより、認め合うことが必要じゃないか？　サシャの力は確かに圧倒的だ。でも大振りで小回りが利かない」

「うぐっ」

「一方のリリスは攻撃力という点ではサシャに劣る。でも応用力に優れているから、あらゆる場面に適応できる」

「……確かに」

「ということは、だ。二人とも長所と短所があるけど、互いが協力し合えばそれは補えるんだ。だったら、いがみ合っているより、共闘した方がずっといいだろう。違う？」

「……それは、まあ……」

「一理はある、かも」

サシャとリリスは顔を見合わせて、頷いた。

「じゃあ、どっちが優れているかなんてことはやめよう。いいか？」

「わ、分かった。分かったから解放してくれ」

「この状態、なんか気持ち悪い」

「……了解。動いていいよ」

ルインが手を上げると、二人は弾かれたように立ち上がる。

サシャは頭を掻きながら、嘆息した。

「結局はあれか。どっちも魔王使いのルインには敵わんということか」

「……テイムされた身の上だしね」

肩を竦めるリリスからは、先程までの剣呑とした雰囲気は消えている。それはサシャも同様だった。ほっとして、ルインは改めて門へと向き直る。

「さて。落ち着いたところで、行ってみようか」

サシャ達が同意するように顎を引いたのを見てから、ルインは歩き始めた。

問題はないだろうと思いつつも、やはり不自然に歪んだ空間を通り抜けるには多少の勇気が必要になる。それでも意を決して門に飛び込むと、一瞬、眩暈のような感覚が襲った。

だがそれはすぐになくなり、気付けば、周囲の景色が変わっている。

森に囲まれる中、眼前に、古びた廃城が聳え立っていた。

「おお……懐かしい。間違いなく我が城だ」

サシャが感慨深く呟く。

「……本当に全然知らないところに出た。便利だね」

物珍しそうに辺りの景色を眺めるリリスに、ルインは「確かに」と返した。

「これがあれば、他の国で仲間にした魔族や人間をすぐに城まで集めることが出来るな」

道中を無視できるのであれば、危険性もなくなるし、もしこの城が危ない目に遭ったとしてもすぐに別のところへ逃げられる。大したものだと感心していると、城の門がゆっくりと開いていき、中から奇妙な人物が姿を見せた。

猫のような顔をし、全身も豊かな毛で覆われた、魔族の男性である。

ルイン達に気付いた彼は、驚いたように目を見開いた。

「おい……ルインじゃねえか⁉　どうしてこんなところに？　お前、他の魔王を探しに行ったんじゃないのか？」

「やあ、キバ、久しぶり。色々あってね」

と、掻い摘んでこれまでのことを説明すると、キバはルイン達の後ろにある門を見て、感嘆の息を吐いた。

「……なるほどな。お前と戦って、嫌っていうほど常識知らずの力であることは実感したがよ。まさか違う場所と違う場所をくっつけちまうとは。にわかには受け入れ難いぜ」

「それはオレも同じ気持ち。新しいスキルを試しがてら、様子を見に来たんだけど、問題無さそうだな？」

「まあな。にしても既に二人も魔王を配下にしてるとは。幸先良いじゃねえか」

「オレは配下じゃなくて仲間のつもりだけどね」

と、そこでサシャが、ルインとキバの間に割り込んだ。

「時に、せっかくの機会じゃ。なんぞわらわ達に要望はないか？」

「要望って言われてもな。今んところ食料も十分にあるし、住むところもある程度ではあるが整えたし」

「……欲しい人材とかないの？　これだけ大きな城だと色々管理も必要だと思うけど」

リリスが小首を傾げた。彼女もまたサシャと同じく、多くの魔族を束ねる立場にあった者だ。その経験上から気になったのだろう。

「ああ……そう言われるとあるな。この城、見ての通り、相当にボロいだろ」

「失敬じゃな。こういうのは、趣きがあるというのじゃ」

頬を膨らませるサシャをルインは「まあまあ」と宥める。

「あちこち修繕しなきゃいけないってのと、後は万が一のことに備えて武器や防具を揃えたい。材料程度ならウルグの領主に頼めば何とかなるだろうが……」

キバは紆余曲折あって、ウルグの街に住む領主レーガンから、自ら飼育している魔物の素材を渡す代わり、食料や物資を秘密裏に譲ってもらう契約を交わしていた。

「さすがに人までは無理だろう。武器や防具だって向こうも立場上、あまり多くをこっちに流すわけにもいかねえだろうし」

「それはそうだな。だとすると……その手の技術に長けた人が必要になるのか。城の修繕はもちろん、武器や防具も自前で造ることが出来れば言うことなし、と」

「ああ。そこまでいきゃ完璧だな。しかし出来るのか、そんなこと」

「さすがにわらわ達も現在の魔族の動向については把握しておらんからな。まして人間はいわんや、じゃ。ルイン頼みということになるが。なにか思い当たることはあるか？」

サシャから振られて、ルインはしばらく考え込んだ。が——やがては、口を開く。

「一応、ある。南にフィクシスって国があるんだけど、そこにある港町が良質な武器や防具を生産しているって、以前、クレスに聞いたことがある。ラシカート、だったかな。そこで造られた物は世界的に見ても最高峰で、その分値段も張るから冒険者にとって憧れの的なんだって。自分の使ってる剣もラシカート製だって随分と自慢されたよ」

あまり掘り起こしたくない記憶ではあったが、思わぬところで役に立つものだ。

「ふうむ。ならばその街に行けば、優秀な技術者を勧誘できるやもしれんな」

「でも大丈夫なの。人間が魔族の住む城に来てくれるとは思えないけど」

リリスがわずかに眉間へ皺を寄せるのに、ルインは逡巡した。しかし、

「……行くだけ、行ってみよう。上手くいくかどうかは分からないけど、初めからダメだと決めてかかっちゃいけない。魔族にもキバみたいな奴がいたように、人間だって真実を知れば協力してくれる人がいるかもしれない」

「……ふむ。それもそうじゃな。こんなところで尻込みしているようでは、人間と魔族の融和など不可能じゃ」

「まあ、それもそうだね。私も異論はないよ」

サシャとリリスの同意を得られたところで、ルインは「ありがとう」と笑みを浮かべた。

「それに――南にも封印された魔王の反応はある。西よりは遠いから、ひとまずは置いておいたのじゃが。そういうことであれば共に探すのが良いじゃろう」

「ああ、そうだな。よし。じゃあ……予定を変更して、ラシカートを目指そう！」

ルインの呼びかけに、サシャ達はそれぞれ頷く。

こうして新たな目的は定められ――ルイン達は一路、南へと下ったのだった。


「ああ……そういえば、そんなようなことだった気が、しないでもないね……」

これまでの経緯を聞き終えたリリスは、そう消え入るような声で答える。ウルグ近辺とは比べ物にならないほどの高い気温に、彼女の限界もそろそろ近いのかもしれなかった。

「大丈夫か？　ほら、二人とも、冷たいものでも買って飲もう」

ルインは近くの屋台で販売していた、数種類の果実を絞って蜂蜜を加えた飲み物を買ってくると、リリスとサシャに渡した。

自分の分を飲むと、流水に浸し続けたという触れ込み通り、爽やかな甘みと共に冷えた感触が口内で広がり、喉を伝って全身に伝わっていく。

「ああ……生き返る……」

「これは良いものじゃ……」

リリスもサシャもようやく幾らか回復出来たかのように、顔色がマシになった。

「元気になったなら、良かった。ところでリリス、気になってたんだけど、君、角がないみたいだけど」

ルインは、リリスの真っ白い額を指差した。そこには街へ入る前には確かにあった尖った角――彼女が魔族である証――が影も形もなくなっている。

「ああ。魔族ってバレると面倒だから、引っ込めてる。私、魔物の力を使えるでしょ。その一環で、角の出現を操作できるから」

「そういうことか。こっちとしては助かるな」

この暑いのに、ローブのようなものを被せて角を隠すのも可哀想だと思っていただけに、胸を撫で下ろす。

「でもサシャも角がないよね。そっちも隠せるの？」

「はっはっは。さて、気力も取り戻したところで、行動に移ろうではないか」

笑ってごまかすと、サシャはルインの方を向いた。

実は彼女の頭にはきちんと角が生えているのだが、あまりに小さく、見えにくいのだ。

本人的にはそれを酷く気にしているようで、触れて欲しくなさそうだった為、ルインも流すことにする。

「そうだな。魔王と人材探し、どっちを先にしようか」

「それなのじゃがな、ルイン。どうも魔王の反応は、この街より更に南にあるようじゃ。そうなると少し、問題がある」

サシャが先を歩き出すのにルイン達がついていくと、彼女は長い階段を下りていった。

家屋が立ち並ぶ住宅街を抜け、更に真っ直ぐ行くと、港へと出る。漁船らしき物が波止場に幾つも停泊している中を進み――サシャはそこでようやく立ち止まった。

「……ああ。そうか。そういうことか」

ルインは、サシャの言いたいことを察する。

眼前には、ルイン達の進行を阻む大きな壁――いや、波があったのだ。

青々とした色を宿す、どこまでも広がるような海原である。

「魔王を封印した場所に行くには、海を越える必要があるっていうことだな?」

「そういうことじゃ。それには船がいる。ならば、まずは人材を探すのを先にした方が良いのかもしれぬ」

「そっちはそっちで時間がかかりそうだけどね」

器に入った果実水を大切そうに飲みながら、リリスが指摘する。

「ううん。……そうだな。とりあえず、船を借りられるかどうか、訊いてみようか」

ルインは言って、近くで網の手入れをしていた男のもとへ向かった。——が。

「船？　無理だな。借りられねえよ」

あえなく断られてしまう。

「なぜじゃ。金なら払うぞ。この男が」

サシャがルインを前に出すと、男はゆるゆると首を横に振る。

「そういう問題じゃねぇんだよ。漁だとかどうしても必要な作業以外、今は船を出してねえんだ。無茶苦茶にでけぇ魔物が現れるからな」

「無茶苦茶にでかい魔物、じゃと？」

「ああ。半年くらい前からだ。おかげで幾つも船が沈められてな。おいそれと出してちゃ命が幾らあっても足りやしねえ」

「そ、そうだったんですか。……あの、オレ、こう見えても冒険者でして。魔物を倒すから船に乗せて欲しい、っていうのじゃダメですかね」

「兄ちゃんが？　ははは。無理、無理」

男は豪快に笑って、手を振った。

「ありゃ並の冒険者じゃ手に負えねえよ。それこそ、勇者でもなければな」

「その勇者を倒したのがこのルインじゃぞ。ならば何の問題もない」

「――あ、すみません！　了解しました。失礼します！」

ルインはサシャの口をふさぐと、慌ててその場から立ち去る。

「ダメだろそんなこと言ったら……！　事態が余計にややこしくなる」

「む？　……言われてみればそうじゃな。すまぬ」

「後先考えずに物言うの、よくないよ」

リリスからも注意されて、サシャは反省したように頭を掻いた。

「し、しかし、ならばどうする。船を出せないようでは魔王の封印された場所に近付けんぞ。そこまで泳ぐか？」

「……出来ないわけじゃないとは思うけど……」

ルインが悩みながら言うと、リリスが目を細める。

「ルインの場合、なまじ嘘つけと言えないところがあるね」

「え、なんで？」

「自分のしてきたことを振り返ればいい。滅茶苦茶大きな剣を振り下ろして私をぶちのめしたこと、忘れてない」

「……そ、そっか。その節は、その、ごめん」

わずかに恨みの籠もったような口調でリリスに言われて、ルインは頭を下げた。

「しかし泳げるにしても、どこにあるかも分からぬようであれば、無駄に手間がかかるし体力も減るな。いざ魔王と遭った時に疲れて動けないようであれば本末転倒じゃ」

「それもそうだな。ううん。なら、人材探しの方をやってみようか」

ルインの提案にサシャ達も異論はないということで、目的を切り替えることにする。

早速、情報を集める為に街の武器屋を訪れることにし、街の大通りへと戻った。

と――そこでルインは、ある人物に目を留める。一人の少女だった。

年の頃は十四、五だろうか。脂っ気のない髪を無造作に後ろで束ねている。肌はこの国特有の強い日差しを受けて褐色に染まり、団栗にも似た丸く大きな目をしていた。ヘソが見える程の短めなシャツに太ももも露なズボンを穿いている為か、全体的に快活そうな印象を受ける。

彼女は大通りの入り口辺りに立って、辺りをきょろきょろと見回していた。何かを探しているのか、もしくは道に迷っているのかもしれない。

「君、どうしたの？」

思わずルインが声をかけると、少女は勢いよく振り返って、大きく声を上げた。

「はい！　道が分かりません!!」

迷子の方だった。堂々とし過ぎているのが逆に潔い。

「そっか。どこに行きたいの？」

「食料品店を探しています！　ご存じありませんか？」

小鳥のように首を傾げる少女に、ルインは眉根を寄せた。

「ううん。この辺りにあった気がするけど、どこだったかな」

「なんじゃ。ルイン、わらわ達は小僧に構っている暇などなかろう」

サシャが現れて唇を尖らせると、少女は目を見開く。

「わぁ……！」

「ん。なんじゃ？　わらわの顔に何かついておるか？」

「お姉さん、とっても綺麗ですね！　ボク、驚きました！」

「……。食料品店に行きたいのじゃったな。生憎とわらわは存ぜぬが、幼子が一人で辿り着くには困難を要するじゃろう。手伝ってやってもよい」

「分かりやすい程に態度を変えるな、君」

ルインの突っ込みにサシャは頬を赤らめた。

「べ、別にそういうわけではないぞ。ただ、なんだ、中々に素直な子じゃからして、わらわも無下に扱うのも何だと思ったわけであって、決して容姿を褒められたから反応を覆したわけでもなく本当にそういうのはどうかと思うしわらわとしても軽蔑をするのでわらわ

はそのようなことはしないのであって」

「急に滅茶苦茶喋り出した」

「追及すると面倒なことになるからそっとしておこう」

ルインの言葉にリリスは「そだね」と軽く頷いた。

「でもサシャの言う通りだよ。オレ達は旅人だからこの街に詳しくないけど、一緒に他の人に訊いてみよう。子ども独りだとやりにくいこともあるだろうし」

「本当ですか？　ありがとうございます！　ボク、ルーナっていいます！」

ともすれば粗野ともとれる格好とは裏腹に、礼儀正しく頭を下げたルーナへ、ルインは微笑んだ。

「オレはルイン。こっちはサシャで、こっちがリリスだ」

「うむ。よきにはからえ」「よろしく」

それぞれを紹介すると、ルーナは「サシャさんに、リリスさん！　覚えました！」と弾むような声で答えた。

「ルーナはこの街に来るのは初めてなの？」

歩き出しながら尋ねると、ルーナは「はい！」と頷く。

「いつもは街の人の方から来てくれるんですけど、最近、なぜかそれが途絶えてて。ボクが皆を代表して来たんです」

「街の人から来てくれる？　どういうこと？」

「ボク、この街から少し離れた島に、他の人と住んでいるんですけど。定期的に街の人達が船で訪ねてきて、食料品や物資を渡してくれるんです」

「ふうん？　島にね……」

今一つ関係性が読めない。ルインが眉を顰めていると、サシャが代わりに尋ねた。

「街の者がどうしてお主を始めとした島の住人に物資を譲るのじゃ？」

「はい。それは……あ！」

が、ルーナは話している途中で、自らの口に手を当てる。

「ごめんなさい。これ言っちゃダメだって、皆さんから注意されていたんでした」

「喋ると都合の悪いことでもあるの？」

リリスが不思議そうに目を瞬かせると、ルーナは気まずそうな顔をする。

「ええと。そういうことも含めて何も言うなって……ごめんなさい。これ以上は」

「ああ。いや、いいよ。色々あるんだろうし、気にしないで」

ルインが首を振ると、ルーナはほっとしたように表情を緩めた。

「……あれ。ルーナじゃないか？　どうしてお前がこんなところに」

その時。前方から現れた男が、声をかけて来る。服装や体格から見るに船乗りらしい。

「ああ！　ディングさん！　お久しぶりです。実は最近、船が来ないからどうしたのかと思いまして！」

笑顔になって駆け寄るルーナに、ディングと呼ばれた男は顔を顰めた。

「ああ……あれだ。最近、島の辺りにでかい魔物が出るだろう。それで近付けなくなっちまってな」

「え、そうなんですか？　ボクは何ともありませんでしたけど……ん。もしかして」

と、そこでルーナは何か思い当たったかのように呟く。

「どうした。何かあったか？」

「あ……い、いいえ。では、ボクが乗ってきた船に荷物を載せて運ぶので、バーバラさんのお店まで連れて行ってもらえますか？」

「ああ。いいよ。しかし大丈夫か？　たまたま魔物に遭遇せず済んだみたいだが、帰りもそうだとは限らないぞ」

「ええと。それは平気だと思います」

やけにはっきりと断言するルーナに、ディングは怪訝な表情を浮かべていたものの、やがては「じゃあ、ついてきな」と背を向けた。

「ありがとうございます！　……あ、その前に」

ルーナはルイン達の方を向くと、丁寧な仕草で一礼した。

「ご親切にありがとうございました！　何とかなりそうです！」

「そっか。特に役に立てなかったみたいだけど、解決したようで良かったよ」

笑みを浮かべるルインに、ルーナはもう一度頭を下げると、ディングについていった。

「……ちょっと気になる子だな」

一見するとごく普通の少女に思えるが、何かしら裏に抱えている気がする。

「うむ。それにあの小僧……人間にしては少し妙じゃな」

「うん。サシャも同じこと感じたんだ」

サシャとリリスが顔を見合わせているのに、ルインは小首を傾げた。

「妙？　どういうこと？」

「いや……あるはずのないものを感じたような……しかし、勘違いということもある。あまり気にするな」

しばらく唸っていたサシャは、やがて首を振った。

「それより、ルーナの用事が済んだのであれば、こちらの方を再開しよう」

「ん、ああ、そうだね」

魔族であるサシャとリリスが、何かに引っかかっているような素振りを見せたのは気にかかるが――はっきりとしないものをこれ以上、深堀りしても仕方ない。

ルインは気を取り直して、武器店へと向かうことにした。しかし、

「ああ……武器か。悪いが今は取引をしていなくてね」

店主から予想外の返答をされて、ルインは面食らった。

「取引をしていない？　どういうことですか？」

「いやぁ。実はうちの武器はこの街で生産していなくてね。少し離れたところにある島の
連中と交渉して受け取っていたんだが……」

「……もしかして、巨大な魔物がいるせいで、船が出せない？」

カウンターに手をついて身を乗り出したサシャに、店主は苦い顔で答える。

「そうなんだ。出す船出す船、みんな沈められちまってな。行けなくなっちまったんだよ」

「そんな……」

まさか、ここでも船の問題が関係してくるとは。ルインは思わず肩を落とした。

「その島にわらわ達が行くことも出来ないのか？」

サシャが尋ねると店主は、とんでもないとばかりに首を振る。

「危険過ぎる。無理だよ。それに……魔物のことがなくても、その島にはこの街の住人以

外、船を出せない決まりになってる」

「どういうこと？　なにかあるの？」

今度はリリスが質問を投げかけたが、店主は渋面を作るだけだった。

「悪いね。理由も言えない。ただ、誰に訊いても島には行けないと思った方がいいよ」

「……そうですか。ありがとうございました」

無理強いするわけにもいかない。ルインは頭を下げて店を出た。

「参ったな……。魔王と人材、どっちも船の調達が障害になるなんて」

大通りの人混みを避けて移動したところで、ルインはため息をつく。

「それに、気付いたか、ルイン。あの店主は島と言っておった」

サシャの言葉に、ルインは「ああ、そうだな」と相槌を打った。

「島に住む人と武器の取引をしてるって。ルーナも島に住んでいると言っていたな」

「多分だけど同じ場所だろうね。この街の住人から物資を受け取る代わりに、武器や防具を卸してるんだ」

リリスもまた得心いったような顔をしたが、

「ただ気になるのは、どうしてそれをルーナが隠そうとしたか、じゃ」

「それにさっきの店主も、街の住人でなければ島には行けないって言ってたな」

つまり、何らかの事情を知る者以外が島に向かうと不都合が起こる、ということだ。

「どういうことじゃ。この街は……いや、ルーナが住んでいる島を含め、何を抱えておる？」

「分からないな。情報を集めようにも何も話してくれないだろうし」

ルインが考えあぐねていると、リリスが突然、その場にしゃがみこんだ。

「……どうでもいいけど、暑い」

「うむ。色々と不明な点は多いがそれだけは確かじゃ。この街は暑い。たまらぬ」

サシャもまた、再び疲弊したような顔で愚痴をこぼす。

「そうだな。外を無駄に延々と歩き続けることのないよう、なんとか上手い解決策を思いつきたいけど……」

頭を悩ませながら、ルインは唸った。どうにも上手く事が運びそうにない。正に八方塞がりだ。じりじりと太陽が照り付ける中、三人はしばらく沈黙した。

が——やがて。

「こういう時はあれじゃな。一つ良い方法がある」

サシャが手を打った為、俯いて必死に脳味噌を回転させていたルインは、顔を上げた。

彼女は豊満な胸を張り、この上なく堂々と、力一杯に。

「——何もかも忘れて、遊ぶのだ！」

迷いなく、宣言した。

「いや。いやいや。目的を果たすどころか、そのやり方さえ思いついていないんだぞ⁉」

「だからこそじゃ。こんな鬱陶しい暑さの中で、うんうん考えていたところで何も思いつきはせぬ。で、あれば新たな情報収集は後に回し、いっそのこと遊んで気分をすっきりさせた方が、妙案が浮かぶかもしれぬ」

「まあ、一理あるとは言えなくもないけど……暑くて嫌になってきたから問題を投げ出したいとか、そういうことじゃないよな？」

「失敬じゃな！　わらわがそのようなことをすると思うか⁉」

「しないとは言い切れないいんだよな……」

ルインの指摘にサシャは「うぐ」と押し黙った。自覚はあったらしい。

「あー。でも、私も賛成。いい加減にうんざりする。近くに海あったよね。あそこに行こう。少しは涼しいかも」

が、リリスまで賛成してきた為、ルインはぎょっとする。

「ほら、二対一じゃぞ、ルイン。共に旅をする中で調和は大切じゃ。それとも何か。お主は魔王使いだからして、自分の目的の為にわらわ達の意思を無視するか？　するのか？　してしまうのか？」

「うっ……君はまたそういう、反論し辛いことを……」

サシャに加え、リリスまで何かを訴えかけるようにじっと見つめて来た為、ルインは窮地に立たされた。

「……。仕方ない。分かったよ」

結果、折れることにすると、サシャは「よっしゃー！」と両手を上げる。

「そうと決まれば遊ぶのじゃ！　海に行くのじゃ！　ほら早く！」

次いでルインの腕を引っ張りながら、颯爽と走り始めた。

「うわ、ちょ、ちょっと待って！　というか君、元気だな⁉　さっきまで疲れたような様子を見せていたのは何だったの⁉」

「知らぬ！　ルイン、過去のことは既になく、未来はまだ構築されてはおらぬ。わらわ達には今！　今しかないのじゃー！」

「名言だね」

追走しながら無表情で呟くリリスに、そうかなぁと思いながらも、ルインは半ば強引に海へと連れていかれるのだった。

第二章――明かされる真実

The demon lord tamer's strongest domination

「待たせたな！　ルイン！　魔王サシャの特別な姿、その目に焼き付けるが良い！」

数十分後。浜辺に到着し、ぎらつく陽光に照らされる海原を眺めていたルインは、背後からの声に振り返った。そこには、サシャとリリスが立っている。

だが二人とも、いつもの格好ではなかった。

サシャは黒を基調とした薄手の生地で胸元と腰回りだけを最低限、隠している。

一方のリリスは、上半身は覆われているものの、肩から先は肌を見せており、腰回りにはふわりとした布を纏っていた。サシャよりは肌面積の露出は少ないものの、いつもに比べればかなり大胆な衣装姿だ。

この港町は比較的、波が穏やかである為、浜辺では海水浴が出来る。

その為、観光客や余暇を楽しむ旅人、冒険者の為に水着が貸し出されており――サシャ達はそれを借りたのだ。もちろん、ルインもまた、いつもの装備を外して下半身だけに肌着を纏っている状態だった。

「どうじゃ。中々に洒落っけのある衣装ではないか。わらわは気に入ったぞ」

その場でくるりと回って水着姿を披露してくるサシャに、ルインは短く返す。

「あー……いいんじゃ、ない、かな？」

その答えが不満だったのか、彼女は腰に手を当てて、顔を覗き込んできた。

「なんじゃ。せっかくわらわ自らが選んだ水着を見せてやっているというのに、その微妙な反応は。まさかイマイチだとでも言うつもりか？」

「いや、あの、そういうわけじゃないんだけど……」

言いながら、つい、目を逸らしてしまう。単純に、まともに見ることが出来ないのだ。

腰回りや足が露になっていることもそうだが、なにより、サシャの豊満な胸を、小さな生地が隠しきれていない。動くと今にも零れそうになっているそれを直視していると、自然に体が熱くなってくるのだった。

「んー？　変な奴じゃな。……はっ。そうか。そういうことか」

不服そうな表情を見せていたサシャは、しかしそこで、何かに気付いたかのようににやりと笑った。

「わらわの魅力的な肢体にやられてしまったか。そーか、そーか。それは無理もない」

「い、いや、別にそういうわけでもないんだけど」

「んー？　ならばなぜ、頬を赤くしておるのじゃ？　どうして目を合わせてくれぬのだ。ほら、もっと近くに寄るがよい」

サシャはルインの手を引いて自分の方に寄せた。途端、柔らかな感触がまともに当たる。いつも以上に密着している感覚に、限界はすぐに訪れた。

「――っ。も、もういいだろ！」

急ぎ離れるルインに、サシャは両手を上げて指先をわきわきと動かしながら、じりじりと近付いてくる。

「くっくっく。普段、冷静なお主が取り乱すのはこのような時のみ。この絶好の機会を逃すわけにはいかぬ。存分に堪能してくれようぞ」

「ダ、ダメだって！　ほら、リリスもいるだろ⁉」

慌ててルインが指差すと、リリスは表情一つ変えずに手を上げた。

「あ。私にはお構いなく」

「構ってくれよ！　こういう時は！」

「隙ありじゃっ！」

サシャはルインの目がリリスへと逸れた瞬間、砂浜を蹴って飛びかかって来た。

「ふはははははははは！　押し倒してもっと恥ずかしがらせてやるわー！」

「——止まれ！」

「あふんっ⁉」

が、ルインが命ずるとサシャはぴたりと動きを止めて、そのまま真下に落ちた。幸いにも地面が柔らかかった為に怪我などはしていないが、艶のある黒髪が砂まみれになる。

「は、はあ、はあ。危なかった。というか、どういう動機だよ。オレを恥ずかしがらせて君に何の得があるんだ⁉」

「う、うぐぐぐぐ。それは、その……なんかこう、いつもと違うお主を見ると良い感じになるというか……」

突っ伏したままで苦しげに答えるサシャに、リリスが訳知り顔で言った。

「好きな子に悪戯して気を引こうとか、そういう心理なんじゃないの。サシャ、それ、逆効果だよ。好印象を持たれることはほとんどない」

「は、はあ⁉　べべ、別にわらわはそういうつもりなぞないが⁉　毛頭ないし、単にルインの反応が面白いだけじゃが⁉」

答えながらもサシャの顔は真っ赤になっていた。

「ふうん。あっそう。まあ、どうでもいいけど。私、お腹減ったから何か買ってくる」

そっけなく言うと、リリスは浜辺に出されている屋台に向かって行く。

「あああああ！　待て！　待たぬか！　いらぬ誤解をもったまま行くな！　おい、ルイン！　はよう、この拘束を解かぬか！」

「え、あ、ごめん。動いていいよ」

許可を与えるや否や、サシャは勢いよく立ち上がると「リリスうううう！　待てえええええ！」と追いかけて行った。諍いが起こらぬよう、ルインもその後ろに続く。

「おい、リリス！　お主はルインに余計なことを――はぐっ」

が、食って掛かろうとしたサシャは、リリスから口に何かを放り込まれて黙った。しばらく咀嚼した後で、飲み込み、

「……なんじゃこれ。美味い」

「この街の名物だって。烏賊と蛸を細かく潰して丸く固めて、海苔っていう藻類を干したもので巻いた後、串刺しして、香ばしく焼いた上で、タレをつけてるの」

「ほう。ほうほうほう。なるほど。中々の美味……」

先程までの怒りはどこへいったのか、サシャは頬に両手を当てながら、街の名物を堪能していた。

「はい。ルインもあげる」

十本近くもっていたリリスからその内の一本を渡されて、ルインはかじりついた。ねっ

とりとした感触に香ばしさと独特の風味が合わさって、相当の美味だ。

「確かに美味いな。というか、リリス、お金もっていたっけか？」

「お金？　なにそれ。美味しいの？」

「………………。払ってないんだな」

ルインは苦笑しつつ、念の為に持っていた小さな鞄から財布を取り出し、屋台の店主に料金を支払った。

（こういうところは魔王というか、なんというか……）

そういえばサシャも以前、似たようなことを言っていた気がすると、ルインはリリスを見つめる。

「どうしたの。もう一本欲しいの？　遠慮しないでいいよ。足りなければもっと買うから」

「いや違うけど、そもそもオレのお金だよね、それ」

「細かいこと気にすると大成しないよ」

そういうことでもない気がする、とルインが思っていると、

「店主。わらわにも五十本くれ」

「あ。じゃあ私も後三十本」

サシャとリリスが際限なく頼もうとしていた為、慌てて彼女達を屋台から引き剥がした。

海を見つめながら、二人はひたすらに名物を食べ続けている。

「それにしても魔族って本当によく食べるな。嫌いなものとかないのか？」

「ないの。甘いものは格別好きじゃが、それ以外でも何でも」

「私も。肉が一番好きだけど他でも問題ない」

「……そっか。好き嫌いがないのはいいことだけど」

それにしても、とルインはリリスに視線をやった。サシャはともかく、一見してあらゆることに無関心を貫くように見える彼女とて、食べ物に関しては執着を持つ。

もしかすれば表情に出難いだけで、リリスはリリスなりに、色々と思うところはあるのかもしれない。考えてみれば、ウルグの街でリリスをテイムして以来、ずっと行動を共にしているが、未だ彼女について詳しくは知らなかった。

サシャについてはある程度、把握して来たところはあるものの、リリスが何を思って魔王という立場にあり、どういうことをしてきたのか、それを訊いてみるべきかもしれない。

（ということを考えると、ぽっかり時間の空いた今は良い機会なんだが……いきなり深いところに踏み込むのもな）

ぶしつけ過ぎて、逆に距離をとられてしまっては意味がなかった。

「……どうしたの？　さっきから。なにか気になることでもあるの？」

思案しているルインの視線を感じたのか、リリスが振り向いてくる。

「ああ、いや……えっと」

ひとまずは、心を許してもらうことが先決である。その為には、軽めのやりとりで互いの雰囲気を和らげることが必要だった。よって、ルインは何気ない口調で告げる。

「さっきは言い逃したけど、リリス、水着がよく似合ってるな。いつもと違った雰囲気だけど、可愛いと思うよ」

へえ、そう、ありがとう。お世辞でもうれしいよ。まずは、そんな返答が来ることを想定していた。そこを皮切りにして会話を展開していけばいい。そう思ったのだが――。

「……。ん？　あ、あれ？　リリス？」

急に黙り込んだまま微動だにしなくなった為、ルインは焦った。もしかしたら不味いことを口にしてしまったのかもしれない。そういえば、と思い出した。以前、サシャがドレスに着替えた時、同じことを口にしたら、彼女は大層恥ずかしがっていた。

威厳を以て良しとする魔王にとって『可愛い』という言葉は禁句なのかもしれない。

「あ。ごめん。変なことを言ったなら謝るから……」

と言いかけたルインだが、リリスの様子が妙であることに気がついた。

見る見るうちに、肌という肌が赤くなっていく。

やがて彼女はくるりと背を向けると、急に走り始めた。

そのまま遠くでしゃがみこみ、自らの顔を両手で覆（おお）ってしまう。

「お、おい、リリス!?　どうしたんだ!?」

急いで追いかけて、砂浜に膝（ひざ）をつくと、ルインは様子を窺（うかが）った。

「……くない……」

するとリリスは、顔を伏（ふ）せながら何かを呟き始める。

「かわいくない……」

「え？」

「わ、私は可愛くなんてない……可愛くない……絶対に可愛くない……！」

まるで自分自身を抑（おさ）えつけるようにして、ぶつぶつと繰（く）り言を口にし続けた。

「そんなことはないと思うけど……」

「やめて！」

大声で遮（さえぎ）ると、リリスは顔を両手で覆ったまま、ちらりとルインの方を見てくる。

「そ、そういうこと言われると、変になるから」

「変になる？」

「む、胸がどきどきして、落ち着かなくなって……く、口が」

唇の辺りを手で押さえながら、リリスは消え入るような声で言った。

「……口がにやける」

「ええええ!?」

「お主、ちょろすぎじゃろ……」

遅れて近付いてきたサシャが呆れたように零す。

「魔王ともあろう者が、可愛いなどと言われた程度でそのように狼狽するものではない」

「君も同じようなものだったけど」

「こ、ここまでではないわ！　ない！　……ないよな？」

「最終的に自信をなくすなら言うなよ」

ルインは、苦笑しつつ、リリスへと視線を戻した。

「あー。あの。ごめん。そういうことならもう言わないから」

「……本当？」

「うん。絶対に言わない。可愛いとか」

「言ったッ!!」

大声を上げるとリリスは再び顔を隠してしまった。相当に過敏な反応だ。

「申し訳ない。でも、どうしてそこまで嫌がるんだ。誰だってそういうことを言われると、

喜んでしまうところはあると思うけど」

「……ダメなの。私は魔王だから」

ようやく落ち着いたのか、リリスは顔から手を放した。

いつも通りの無表情で振り向いてくる。

「魔王は何事にも動じず、全てにおいて冷静に、如才なく振る舞わなきゃダメ。だから簡単に感情を表に出してはいけないの」

「なんじゃその極端な考えは。わらわはそのようなことをしていなかったぞ」

「サシャはそれでも部下を統率出来ていたからいいよ。でも、私はダメ。自分を抑制して振る舞わないと、魔族の頭領らしくあれなかった」

「……だから、無感情、無表情を装っていたのか？」

ルインの問いかけに、リリスは軽く頷いた。

「元々……私は、誰かを従えたりすることには向いてなかったの。大局を見て選択したり、人の所作を見て何かを察したり、先回りして考えたりとか、そういうことが苦手だったから。でも、魔王の資格が目覚めて、人間に襲われている魔族を助けている内に、段々と集まって来て。人間達に対抗する為、魔王を名乗って皆を纏めてくれって言われて、断り切れなくて」

「ふむ。魔王の存在は、人間にとって脅威じゃが、魔族にとって希望じゃ。元々、魔族は力が強くとも、数自体が少ない分、人間よりは不利じゃ。しかし魔王が一人いれば瞬く間に双方の勢力図は塗り替えられる。それほどまでの力を有しておるのじゃ」

「魔王さえいれば、人間側に敗北を喫することはない。そういう気持ちが魔族に生まれるってこともあるだろうな」

サシャの言葉にルインは頷いた。実際、今も八代目の魔王が誕生したことで、魔族達は活気づいている。如何に勇者と呼ばれる冒険者がいたところで、いざとなれば魔王がなんとかしてくれる――そういう感情が後押ししているのだろう。

「それでやっていたんだけど、頭領として必要なことが出来ない分、せめて『王様らしく』あろうと思って」

「それで威厳を保つために感情を消した、か。気持ちは分からんでもないが、不器用な奴じゃのう」

「……放っておいて。私はこれでいいの」

リリスは立ち上がり、きっぱりと言い切った。そこには、ある種の覚悟さえうかがえる。

「でも、今はもう魔王としての立場は忘れていいんじゃないのか。部下もいないことだし」

が、ルインの指摘に、リリスは顔を背けた。

「ずっと長い間、やってきたから。今更崩すのは、その……照れる」

「はははははははははは！」

「笑わない！」

豪快に声を上げたサシャにルインが命じると、彼女はぴたりと止まった。

「そうか。じゃあ、無理は言わないよ。そのままでもいい」

「うむ。そうじゃな。ま、皆の先頭に立つため、少しでも王らしくあろうとしたお主の信条は立派なものじゃ。わらわも評価はしておる。しておるからルイン、解放してくれ。この、口だけ動かず喋るの、結構難しいのじゃ」

「……まったくもう。いいよ」

拘束を解かれたサシャは、安堵したような表情を浮かべる。

「それにしても……リリスも色々とあったんだな。そういうことが知れて嬉しいよ」

思わず顔をほころばせたルインを、リリスは不思議そうに見て来た。

「別にテイムして使役するだけなら、そんなこと関係ないんじゃ？」

「そんなことない。テイムという関係だけど、君は人間と魔族の融和っていう大きな目的を成し遂げる為に協力してくれている仲間だ。仲間のことはなるべく、深く知りたい。それって普通のことだろ？」

「……仲間……」

ルインの言葉を鸚鵡返しに呟きながら、リリスは意味ありげに短く息をついた。

「ルインって変な人間だね」

「そうかな。嫌いになったか？」

「……別に。そういうのでも、ないけど」

再び視線を逸らして、ぶっきらぼうに呟くリリス。

「お。早速照れておる。やはりちょろいなお主」

「照れてない！」

サシャがにやつくのに、リリスは顔を隠しながら叫んだ。

「まあ、良い。面白みもない輩だと思っておった奴が中々に興味深い相手だと分かったところで、わらわは泳ぐとしようぞ」

海を前にしてふんぞり返るサシャに、ルインはふと疑問を覚えた。

「君、泳げるのか？」

「馬鹿にするでない。魔王たるもの、泳ぎの一つや二つ、巧みにこなしてこそ！」

「魔王はあんまり関係ないとは思うけど」

「見ているが良い！　わらわの豪快な水泳を！　はああああああ！」

言うが早いか、サシャは動きにくい砂浜を物ともせずに疾走する。

まばらにいる観光客が驚いて退く中、

「とおおおおおおおお！」

豪快に、海へと飛び込んだ。水飛沫が高々と跳ねあがり、そして、

「ごぶごげぶごげぶ！」

速攻で溺れた。

「わああああああああ⁉　大丈夫か⁉　サシャ！」

ルインは急いで駆けつけて、サシャを海から引き上げる。

ずぶ濡れになっているサシャは呆然とした顔をしていたが、やがてかっと目を見開いた。

「わらわは——泳げなかったのか⁉」

「知らないよ⁉」

それくらい把握しておいてくれ、とルインが思っていると、サシャは軽く何度か咳をして身を起こした。

「知らなんだ……そういえば海で泳いだことはなかった」

「それでなぜあんなに自信満々に」

「わらわだから出来ると思ったのじゃ」

羨ましいほど前向きな思考だ。自分も少し見習いたい。

ルインが呆れを通り越して感心していると、

「……ぷっ……」

背後で吹き出すような音が聞こえ、振り返ると、そこには意外な光景が広がっていた。

青空を背景に、リリスがはっきりとした笑みを浮かべている。

「……ふ……ふふ……泳げなかったのかって……」

堪えるように顔を伏せ、体を震わせているが、それでもにじみ出る感情が、口元を和らげていた。しかし、ルインとサシャに見られていることに気付いた瞬間、リリスは我に返ったように無表情に戻る。

「……こほん」

誤魔化すように咳払いをする彼女を安心させる為、ルインは朗らかに笑いかけた。

「いいんだよ。オレ達の前では隠さなくても」

「そうじゃ。ここではお主をお主として頼る者はおっても、魔王と縋る者はおらん」

サシャが頭を振って水滴を飛ばしながら言うと、リリスはわずかに頬を赤らめた。

そうしてあらぬ方向を見て、ぼそりと呟く。

「まあ……そのうちにね」

素っ気無い態度の中にもルインは見逃さなかった。

リリスが密かに浮かべた、再びの笑みを。

「……ちょっと行ってくる」

かと思うとリリスは砂浜を走り、数ある露店の一つに駆け寄った。

「照れ隠しか。まったく素直ではない。わらわとは大違いじゃな」

サシャが手間のかかる妹を見るような目で告げる。確かに自らの感情をあけすけに披露する彼女と、なるべく冷徹にあろうとするリリスは、正反対の性質を持っていると言えた。

ルインがリリスを追うと、彼女は、露店に並ぶ土産物の類を見つめていた。

やけに真剣な顔をしていたので後ろから覗き込むと、その視線は一点に注がれている。

不可思議な生き物を象った髪飾りだった。巨大な魚のように見えるが、鱗はなく肌はつるりとしていて、つぶらな目と丸みを帯びた口をもっている。

「ん？　すみません、これ、なんて生き物ですか？」

「ああ。兄ちゃん達、旅人か。見たことないのも無理はないな」

何度も訊かれていることなのだろう。露店の店主は慣れた口調で答えた。

「こいつはイルカって言ってな。遠い海の先でだけ見ることのできるモンだ」

「へえ。イルカ……」

　クレスのパーティに居た頃（ころ）、海に出たことは何度かあったものの、目にしたことはない。

「調理して食う奴もいるが、見た目が良いってんで女、子どもに人気があってな。こうして姿を飾りに加工すると売れるんだよ」

「なるほど。勉強になります」

　ルインが頷いていると、囁（ささや）くような声が聞こえて来た。

「……かわいい」

　驚いて見ると、リリスはイルカの髪飾りに熱のある視線を送りながら、再び言った。

「世界一可愛い……」

「おっ。気に入ったかい？　一つ買うか」

　だが店主が身を乗り出すと、リリスはびくりと体を竦（すく）ませて、焦るように首を横に振る。

「別にいい。いらない」

「ん、そうかい？　でもさっき可愛いって」

「言ってない。全然まったく言ってない」

　頬をわずかに染めながら、必死で否定するリリス。

「またお主はそうやって妙（みょう）な意地を張る。欲（ほ）しいならそう言えばよかろう」

　サシャが諭（さと）そうとすると、リリスはむっとしたような顔で言い返した。

「別に欲しくない。余計な気を回さないで」

「……頑固じゃのう」

苦笑気味に零したサシャと、鼻を鳴らして明後日の方を向くリリスを見比べていたルインは、やがて店主に告げた。

「すみません。このイルカの髪飾りをください」

「お。毎度あり！」

店主は髪飾りを紙袋に包むと、手渡してくる。

会釈して露店を離れると、リリスがどういうつもりだと言わんばかりに、後ろをついてきた。そこで立ち止まると、ルインは振り返り、

「はい、あげるよ。リリス」

紙袋から取り出した髪飾りをリリスに渡した。彼女は困惑したようにそれを見る。

「……いや。だから欲しいって言ってないのに」

「ああ。でも、リリスと出会って仲間になった記念になるかなと思って。他に良いのがないかなって探したけど、これが一番、君に似合う気がしたから。贈るのはオレのわがままだし、どうしても嫌だっていうなら、別のにするけど」

「……。まあ。くれるなら、貰ってあげてもいい」

リリスは躊躇するような間を空けたものの、しばらくすると、髪飾りを受け取った。

頭につけて、調子を確かめる。

「……どう？」

尋ねてきたリリスの顔は心なしか、不安そうに見えた。

だからルインは、あえて全力の笑顔で答えてあげることにする。

「ああ。――すごく可愛いよ！」

リリスは一瞬で、首筋から耳元まで真っ赤に染まった。

「だ、だから、そういうのはいいって……！」

背を向けると小走りになり、離れたところで再び蹲る。

「なんじゃ、ルイン。さっきは可愛いなどもう言わんと申しておったのに。相手の気持ちを慮らぬとは、お主らしくもない」

「ああ。いや。これはオレの推測なんだけど」

小さくなっているリリスの姿を見ながら、ルインは言った。

「リリス、サシャと違って、本当は可愛い格好や、可愛い物を集めるのが好きで、他の人にもさっきみたいなことを言ってもらいたいんじゃないかと思って」

露店の髪飾りを見つめている時の顔で、なんとなくそう察したのだ。

「……ふむ。そうか？」

「ああ。だって、ほら」

指差した方向。リリスの垣間見える横顔には、はにかんだ笑みが浮かんでいた。

それは、彼女の見た目年齢と同程度の女の子が表すような、素直な喜びの感情である。

「……なるほどのう。奴も魔王としてなにがしかの苦労はしてきたということか」

恐らくはそうだろう。感情だけではなく、全てにおいて自らを押し殺し、君主然としてきたのだ。

やがてリリスは立ち上がると、再びルインのところに戻って来た。

「……もう、可愛いとか言わないでね」

念を押すような口調に、ルインは頭を掻く。

「ああ。気を付けるよ。ただ、オレ、無神経なところがあるから。見て感じたことをそのまま口にしてしまうことはあるかもしれない。さっきは本当に可愛いと思ったし」

「だからっ！　……もういいよ」

諦めたような口調になりつつも、わずかに口端を上げつつ、リリスはぼそりと言った。

「まあ……その。別に不愉快ってわけでもないし、たまにならいいけど」

「そうか！　ありがとう」

ルインが礼を述べると、リリスは頬を朱に染め、

「わ……私こそ。その。この髪飾り。あ……」

ごにょごにょと、形にならないことを呟いていたものの、やがては思い切ったようにはっきりと言った。

「……ありがとう。大事にする」

ルインはサシャと顔を見合わせて笑う。

「……。サシャ。海に行くよ」

その後、リリスはサシャの手を引いて、砂浜を蹴るように歩き始めた。

「え？　な、なんじゃいきなり」

「いいから。私も泳げるかどうか確かめる」

「いや、それは別に構わんが何もわらわを連れていかぬでも。わらわは今さっき、自分が泳げぬと確認したところで」

「い・い・か・ら」

抵抗するサシャを、リリスは強引に連れて行く。

「なんじゃ⁉　あ！　お主、無茶苦茶照れておるな⁉　だからそれを誤魔化す為にルインから離れるつもりなんじゃな⁉　わらわを巻き込むでない！」

「そんなことない。照れてない。泳ぎたいだけ」

「だったら一人でやればよかろう！　わらわは嫌じゃ！　あの塩っ辛い水に沈むのはもう嫌じゃ！　嫌じゃああああああああ！」

絶叫するサシャに構わず、リリスはそのまま海に飛び込んだ。

「は、放せ！　放すのじゃ！」

「気にしないで。……意外に私は泳げた」

「知ったことか――ッ！」

二人が水をかけ合い、じゃれるようなやりとりをする様を――ルインは、和やかな気持ちで見守るのだった。


その後、ルインも参加して三人でひとしきり海を堪能した後、そろそろ陽も暮れるということで着替え、街の広場へと戻ることにした。

海に行く前は途方に暮れていたルインも、今では、また明日仕切り直して頑張ればいいという気持ちが湧いてきている。

「サシャの言う通りだな。気分転換をしたら、随分と楽になった」

「うむ。そうじゃろう。解決策の無いことを思い詰めたところで落ち込んでいくだけじゃ。

ならばいっそ全く別のことをして一旦悩みを忘れれば、不思議なことにまた再起しようという気概が得られるものじゃ。人間も魔族も同じじゃな」

「なるほどな。年の功ってやつだ。勉強になったよ」

「フハハハハ！　そうじゃろう！　ん？　なにか今、失礼なことを言われなかったか？」

気のせいだよと流し、ルインはリリスの方を見た。

「それにリリスの意外な一面を知れたしな。なんだか、ぐっと距離が縮まった気がする」

「……私としては忘れて欲しいんだけど」

ぷい、と横を向くリリスに、サシャがにやにやと笑いかける。

「まあ、そういうな。わらわ達は共に戦う身。いつまでも壁を作ったままではいざという時、背中を預けられんじゃろう。だからお主も可愛いと言われればそれを素直に受け入れていけばいいのじゃ」

「……っ！　だからそういうのやめてって！」

照れながらサシャを殴ろうとするリリスを、ルインは「まあまあ」と宥めた。

「サシャもあんまりからかわない。とにかく、今日のところは宿に泊まって、明日また別の方法を考えてみよう。きっといい案が浮かぶはずだ」

「その通りじゃ。先に待っていることが絶望か希望か分からないのであれば、無邪気に希望を信じておればよい。そちらの方が前に進めるのじゃからな」

「割と含蓄あること言うよね。さすが最古の魔王」

「ふふふ。そう褒めずともよいぞ、リリス」

「ルインがさっき言った通り、この中で一番年寄りのことはある」

「おい!?　というかルイン!?」

「さ、さあ、宿を取ろうか」

矛先が自分に向いてきた為、ルインは慌てて広場へと足を急がせた。

やがて多くの人で賑わう場所が見えて来た、その時。

「――全員、静聴しろ!!」

ひときわ激しい声が聞こえて来て、騒がしい場が一気に静まり返った。

何事かとルインが見ると、街の入り口辺りに数人の男女が集まっている。いずれも武装しているところを見ると、冒険者のようだ。先頭に立っているのは、上半身を頑丈な鎧に包み込んだ男だった。背中に分厚い刃をもつ大剣を差している。

「我々は、この街の依頼を受けて来た冒険者である！　この街の長を呼べ！」

朗々と張り上げた声に、街の住人達はしばらく戸惑うように顔を見合わせていた。

だがやがて数人が走って行き、しばらくすると――一人の老人を連れて来る。

「わ、わたくしがこの街の長であるサイモンで御座(ござ)いますが……」

「ご苦労！　貴様がギルドに依頼を出した者か。『海に出る巨大魔物(きょだいまもの)を討伐(とうばつ)して欲しい』とのことだったな。魔物のせいで武器や防具を取引している島に行けないと」

「は、はい。さようにございます」

「喜べ。この街が生産する武具はこの国にとっての要であり、事を憂慮(ゆうりょ)した王が、直々に我らに対し任をお与えになった。我ら――勇者フィードを中心としたパーティにな！」

再び訪(おとず)れる沈黙(ちんもく)。だがそれは一瞬のことだった。

勇者、という言葉に住人達はざわめき、互いに囁き合う。

男が退くと、集団の中心からある青年が前に出た。

青々とした豊かな髪(かみ)に痩躯(そうく)とも言える体つき、端整(たんせい)な顔立ちは、冒険者というよりは演劇の役者を思わせる。その身には鋼鉄製の軽鎧(けいよろい)を身に着け、背に長い槍(やり)を負っていた。

「初めまして、僕(ぼく)は勇者フィード。町長さんからの依頼を受けてきました」

爽(さわ)やかな笑みを零すフィードに、緊張(きんちょう)気味であった町長のサイモンは、ようやく胸を撫で下ろしたような表情を見せた。

「ありがとうございます。あの魔物にはほとほと困っておりまして」

「いえいえ。ただ、その前に一つ、確認したいことがあるのですが」

「確認、でございますか？」

「ええ。大変に重要なことです。現在――この街が、王に対し隠している事実がある、という疑いがもたれておりまして」

「……は？」

先程まで、暗闇に光を見つけたような様子であったサイモンは一転、踏み出した先が崖であったかのように、棒立ちとなった。

「そ、そのようなことは一つもございませんが……」

「そうですか？　おかしいですね。王から賜ったお言葉によれば、善意あるこの街の住人が、罪悪感に耐え兼ねて直々に申し出て来たと。そういうことのようですが」

「馬鹿な！　何かの間違いです！　わたくしどもが、偉大なる王に隠し立てするようなことなど！」

「――この街は魔族と秘密裏に繋がっている。本当ですか？」

町長の弁明を遮って放たれた衝撃的な言葉に、街中の空気が固まる。

「……魔族と秘密裏に繋がっている？」

遠くから眺めていたルインにとっても、予想だにしない話だった。

「な……なにを仰っておられるのか。よりによって魔族とですと？　そんなことがありえるわけがありません！」

　血の気の引いた顔で叫ぶサイモンに、フィードは「へぇ」と欠片も信用していない口調で言った。

「変ですね。国王の話とは違います。なんでもこの街の武器、防具を造っているという島の住人……それが魔族である、ということでしたが」

「違います！　誰が報告したかは知りませんが、とんでもない誤解です！」

「そうですか。誤解ですか」

　にこり、と人好きするような笑みを浮かべて、フィードは爽やかに続けた。

「なら我々が島に行って確認しても問題ありませんね？」

　サイモンの顔が、絶望に染まる。いや、彼だけではない。その場にいた街の住人全員の顔から、一斉に血の気が引いた。

「嘘か誠か。実際に島に行けば分かることです。巨大魔物など我々の手にかかれば容易く討伐することが出来る。バレるのは時間の問題ですよ？　町長」

　親しげにサイモンの肩に手を置くフィード。だがその目は全く笑ってなどいない。まるで罪人を裁く冷酷な審問官だ。

「そ、それは……その……」

サイモンはせわしなく目を左右に動かし、必死で言い訳を探しているようだった。しかしその時点で、自ら真実を暴露しているのと同じことだ。

本人もそのことを自覚したのか——やがては、その場に膝をつき、頭を垂れた。

「……申し訳ありません。全て事実です」

その場にいた冒険者達がどよめく。一方、街の住人達は揃って無言で俯いた。

「こ、この街では随分と昔から、魔族と交渉し、武器や防具、工芸品を仕入れておりました。彼らの手による品はいずれも非常に質が良く、高く売れるもので……」

町長の告白により、ルインは抱いていた違和感にようやく答えが出せた。

（それで島には住人以外行くことが出来なかったのか……）

もし事情を知らぬ者が島へ渡れば魔族が住んでいることに気付き、大騒ぎになるだろう。

「驚いたの。この時代で既に魔族と共存する者が居たとは」

サシャが小さな声で感嘆しているのに、ルインは頷いた。

「魔族が首魁たる魔王を始めとして、女神アルフラの意志に抗い、我々人間の領域を侵していることはもちろん知っていますね？　それでも尚、魔族と取引しているとは、いささか正気を疑いますが」

「お、お待ち下さい！　島に住む連中は、その、我々の知っている魔族とは違うのです！

こちらに敵意は持っておりませんし、襲っても来ません。むしろ食料品や物資を渡すだけで大量の武器や防具を譲り渡してくれる、その、大変に友好的な者達で……！」

縋りつくようにしてフィードの体を掴む町長を、彼はすげなく振り払う。

「そんなことはありえません。魔族は所詮、魔族。打算なく人間と繋がるわけがない。あなた達は、騙されているのですよ」

「騙されている、ですか……？」

「その魔族が住む島の真下に――五代目の魔王が封印されている城があることはご存じですか？」

サイモンの顔が強張る。初耳だったらしい。

「ふうん。じゃあ、魔力の反応は、その島から出ていたんだね」

リリスが得心したように囁いた。恐らくはそうだろう、とルインも目線で答える。

「僕は国王から聞いて知っていました。魔王の封印された城の真上にある島に、魔族が棲んでいる。これは偶然でしょうか？　いや、恐らくは必然でしょう。彼らは、魔王の封印を解くべくして、その島を根城にしているのです」

「ふ、封印を解く!?　そのようなことが出来るのですか!?」

「出来るのかもしれません。その証拠が、巨大魔物の出現です。件の城に封印されている魔王は【支海の魔王】と呼ばれる存在。文献に依れば、海そのものや、そこに生きる命を自在に操ることが出来たそうです。部下によって封印が弱められたことで幾らか力を取り戻した魔王が、魔物を操って人間を襲わせている、と考えるとどうでしょう？」

「それ……は……」

否定が出来ない。最後まで続けずとも、サイモンの様子はそれを雄弁に物語っていた。

「魔族達は魔王の封印を解こうとする一方、あなた方を利用して物資を調達していた。武具の提供など魔王が解放されることに比べれば、大したことがないと踏んだのでしょう」

「馬鹿な……し、しかし、わたくし自身、何度か島を訪れて彼らと交流していますが、とてもそのような素振りは」

サイモンが信じられないといったように発言すると、他の住人達も続いた。

「そ、そうだよ。おれも船に乗って会いに行ったことはあるけど、気のいい連中だったぜ」

「ああ。中には酒を酌み交わした奴だっていた」

「可愛い女の子だっていて、懐かれたし……」

だが彼らの意見を、フィードは穏やかな笑みを浮かべたままで一蹴する。

「全て、演技です。奴らは狡猾なんですよ。皆さんの心の隙につけこみ、いいように使っていた。それだけのことです」

次いで彼はサイモンへと視線を落とし、

「まあ、何はともあれ。僕がこのことを王へ報告すれば、すぐ様に兵団が差し向けられるでしょう。事態が解決すればその後はこの街の皆さんです」

先程とは一変。凍えるような冷たく、低い声で言った。

「――女神アルフラに仇為すその行為。ただで済むと思うなよ」

サイモンが体を震わせた。すっかり怯え切った顔でフィードを見上げる。

「も、申し訳ありません。わたくしどもが愚かであったばかりに……ど、どうか、何卒、何卒のお慈悲を！」

「道を外れた行いで散々儲けておいて、その道理は通らないでしょう」

「お、仰る通りです。ですが、我々は深く反省致しました。その証拠としてこの街をあげて勇者様を始めとする討伐隊の人々を、全面的に支援致します！　多額の報奨金を出して冒険者を集めることはもちろん、可能な限り物資も提供致しますし……街の住人も協力します。そうだな、お前達！」

立ち上がり、必死の形相で呼びかけるサイモンに、住人達は急いで頷いた。

「ふむ。なるほど。そういうことであれば、まあ、僕から王に一定の恩赦を申し出ることもやぶさかではありません。時に魔族は、島から出ることはないのですか？　たとえば、この街に居るのであれば、捕縛して島の情報を得ることも出来るのですが」

「い、いいえ、彼らは島から出てくることはほとんどないので……」

どうにも殺伐とした雰囲気の漂い出した場を、ルインはいかんともしがたい気持ちで眺めていた。もし本当に魔族が魔王を封印から解放しようとしており、その一部が成功した結果、魔物が暴れ出したのだとすれば——それは確かに、捨て置けない状況だ。

魔族は総じて邪悪である。女神アルフラを信仰する宗教においては当然とされている伝承だが、実際にはそうではない。

人間がそうであるように、魔族にも善人はいた。ルインは経験上、それを知っている。だが、絶対的な悪性をもっている者がいるのも事実で、今回の場合はそれがどちらなのか判断がつかなかった。実際に島に行けば、真実も掴めるのだろうが——。

「あ……ルインさん、でしたよね！　こんにちは！」

と、考え事をしていたルインはそこで背後から声をかけられた。

振り返ると、ルーナが立って、手を振っている。

「やぁ。ルーナ。食料品店は見つかった？」

「はい！　おかげさまで！　物資はボクが運ぶということで解決しました！」

にこにこと無邪気な表情を浮かべるルーナに、サシャが告げた。

「それは何よりじゃが……ルーナ。お主確か、島に住んでいると言っておったな」

「え？　はい、そうですね。えと、詳しいことは言えないんですが」

「いや、そのことじゃが、お主、もしかして――」

「ああ！　勇者様！　あいつです！　あいつも魔族です！」

瞬間。喉を嗄らすかのような叫びが放たれた。

ルインが視線をルーナから前方へ戻すと――住人達が、一斉に自分達の方を見ている。

「え……？」

まさかサシャ達が魔族であることがバレていたのか、と慄然としたが、彼らの目は別の人物に注がれていた。

そう。――ルーナに。

「この子が……魔族？」

リリスが怪訝な顔でルーナを見る。それもそのはず。彼女の姿はどこからどう見ても人間そのものだった。角も生えていなければ翼もなく、耳も尖ってはいない。

「本当ですか？　人間の少女に見えますが」

「いいえ、間違いありません。わたしは島へ行った時、彼女がいるのを見ました！」

勇者の質問に、住人が答えた。

「……やっぱり。あの時感じたのは魔力だったんだね」

「うむ。魔王程でもなければ、権能を発動しない以上は感じ取ることが難しいのじゃが、間違ってはいなかったようじゃ」

　リリスとサシャのやりとりに、ルインは驚いて訊いた。

「二人とも、分かっていたのか？」

　すると、サシャは少し申し訳なさそうな顔をして、

「ほんのわずかであったが故、気のせいという可能性もあった。よってお主には伝えなかったのじゃ。すまぬな」

「いや、それは別にいいんだけど……」

　ルインがそう返している間にも――その場の空気が、少しずつ、変わり始める。

　張り詰めたものから、剣呑としたものへと。

　そして。間もなくそれは、はっきりとした敵意へと結実した。

「え？　ど、どうしたんですか、皆さん……？」

　戸惑うルーナに答える者はなく。彼らは、次第にじりじりと動き始めた。

　ルインがよく観察すると、住民達の目からは色彩が失せており、表情も妙に虚ろだった。

　まるで、誰かによって感情を操作されているかのように。

（なんだ……あの勇者の持っているスキルの効果か？）

状況を分析(ぶんせき)しようとしたルインだったが、それより先に、

「――あいつを捕(と)らえて勇者様に差し出せ！　おれ達にも慈悲が貰えるかもしれない！」

誰が言ったのかは分からない。しかし誰かの放ったその一声は、大いなる騒動(そうどう)のきっかけとなった。

「――捕(つか)まえろ――――ッ！」

住人達は、揃って走り出し、ルイン達のもとへと殺到(さっとう)してくる。

「待って下さい！　皆さん！」

だが、ルインがルーナを後ろに庇(かば)い、前に出ると、彼らは苛立(いらだ)った様子で足を止めた。

「なんだお前は！　そいつを渡せ！」

「そうよ！　その子は魔族よ！　わたし達を騙していたんだから！」

「あんた、旅人か？　冒険者か？　どのみち、関係ないはずだろう！」

口々に要求する住人達(たち)に、ルインは冷静に答える。

「もし本当に彼女が魔族であったとしても、一方的に捕まえるなんて乱暴なことはせずに、話を聞くべきでしょう。……ルーナ、君、本当に魔族なのか。あの勇者……フィードさんが言っていたように、魔王(まおう)の封印を解こうとしているのか。巨大(きょだい)な魔物が暴れているのは、

君や仲間の仕業なのか？」

改めて尋ねるルインに、ルーナは必死な様子で首を横に振った。

「え、ええ!? ち、違います！ ボク達はそんなことをしていません！」

「嘘をつけ！ お前達の言うことなど、二度と信じるか！」

「そうよ！ ふざけるのもいい加減にしなさい！」

口調を荒らげる住民達は、とてもではないが、まともに話が出来る状態ではなかった。

原因は分からないが、やはり、どこか正気を逸している印象を受ける。

更にその時——ルインの体が、無意識にひりついた。

「魔装覚醒！」

スキルを発動し、生み出された炎から長剣を取り出す。

真上に構えると同時、激しい金属音と共に周囲へ衝撃波が舞った。

住人達が大きく吹き飛ぶ中、ルインは目の前の相手を睨み付ける。

「……へぇ。中々の反応だ」

頭上で槍を突き出した状態のフィードが、興味深そうに目を細めた。

（あの距離を一瞬で……勇者と呼ばれるだけはあるか。ルーナを庇いながらここで戦うのは、得策じゃないな）

ルインは即座に判断し、強引にフィードを押し返すと、サシャに呼びかける。

「サシャ！　逃げるぞ！」

「承知した！」

轟、という音と共にルインの背後から黒き炎が駆け抜け、再び攻撃を仕掛けようとしたフィードの前に降り注ぐ。壁となり高く立ち塞がった焔を前にして、彼は舌打ちした。

「ま、賢明だね。頭に血が上った連中を相手にするのは無駄」

「ああ。……ルーナ、こっちだ！」

ルインはリリスに頷くと、ルーナの手を掴み、そのまま引っ張って走り始めた。

「おい！　逃げるぞ！　追え！」

「魔族を捕まえろ――――ッ！」

住人達の怒号を背に、ルイン達は街を駆ける。

「ルインさん、ごめんなさい。よく分かりませんが、ボクの事情に巻き込んでしまって」

息を切らしながら申し訳なさそうな顔をするルーナに、ルインは微笑みかけた。

「いいんだよ。こっちの勝手でやったことだ」

そうこうする内、街中を駆け回った為かどうにか住人達を引き離し、港までやって来た。

しかし未だに遠くの方で騒いでいる声が聞こえている。ここに留まっていてはいずれ見つかってしまうだろう。

「ルーナ。この辺で隠れられるところある？」

「そ、そうですね。ボクもこの街に来たのは初めてなので……」

困ったように周囲を見回すルーナ。だが、

「おい、ルーナ！　こっちだ！」

近くからの呼びかけに振り向くと、巨大な倉庫のような建物の傍に男が立っていた。この街に来た際、ルーナを案内すると彼女を連れて行った船乗りだ。

「ディングさん！」

ルインは一瞬、信用していいものかと迷ったが、ルーナが飛び出して行った為に後を追いかけた。

「お前と別れた後、仕事の休憩がてら広場に向かったら、えらい騒ぎになっていてな。これは不味いっていうんで、助けようと捜していたところだったんだ。大丈夫か？」

「は、はい。なんとか。その……でもディングさんは、ボクのこと、なんとも思わないんですか？」

わずかに警戒するように尋ねるルーナ。先程のことがあったばかりだ。無理もない。

「ああ。勇者が言ってたことか。おれからすりゃ、他の連中のことが理解し難いな。長年付き合った奴より、初めて出会った見知らぬ野郎の言うことを信じるんだからな」

「……ふむ。やはり、そういうことか」

ディングが不可解そうに口にするのに対し、サシャは納得したように呟いた。

「ルイン。先ほどルーナを追っていた連中、少しおかしいとは思わなかったか」

「え？　ああ、そうだな。まるで自分を見失ってしまっているような」

「うむ。先程言ったが、わらわは魔族が権能を使う際に放出される魔力であれば、確実に察知することが出来る。で、実はあの時――住民達の中から、魔力の発動があったのじゃ」

「……なに？　待ってくれ。じゃあ、彼らの内に魔族が紛れていたっていうのか？」

「私も感じた。多分、精神に作用する権能を使ったんだと思う。相手の心を操るとか、そういうやつ」

リリスの言葉に、ルインはまさか、と思い当たる。

「……現魔王の差し金か？」

理由は不明だが、現在、この世界に君臨している魔王は、各地に封印された魔王を解放しようとしている。この近辺にいる魔王に目をつけたその一環、ということなのだろうか。

「うむ。このような騒動によって住民達と島の魔族との間に不和を起こし、そこに生じる隙を狙うことで目的を果たそうとしているのかもしれぬ。このディングという男が影響を受けていないのは、敵の権能が一定範囲にのみ効果を及ぼすものであるが故じゃろう」

「なら事を仕掛けた張本人を捕まえれば、彼らの暴動は治まるんじゃないのか」

「無理。すぐに魔力を消したから。権能を使うだけ使って逃げたんじゃないかな。本当に現魔王の刺客なら簡単に捕まらないように動いているだろうし、あの住民達の目を掻い潜って捜すのは難しいと思う」

リリスが肩を竦めるのに、確かにその通りだ、とルインは悔しい想いを抱く。

憤りはあるものの、犯人捜しは諦める他なさそうだった。

「しかし……ディングよ。他の住民達のようにならぬとしても、島の魔族達に騙されていたことは事実かもしれぬ。それでもお主は本当に、ルーナを助けるというのか」

ルイン達の話が理解出来ない――といった様子を見せていたディングだったが、サシャの問いかけに目を瞬かせ、やがては鼻を鳴らす。

「船乗りってのは目が大事なんだ。海での変化をいち早く察するためにな。その長年の経験を積んだおれの目が、ルーナや他の連中が、人を騙すような奴じゃないってことを知っている。逆にあのフィードとかって野郎はどうにも胡散くせえ。人を詐欺にかけるのはああいう奴の方だ。だからあいつの話なんざ、端から信じちゃいねぇのさ」

「……全然根拠がないんだけど」

呆れたような顔をするリリスに、ルインは思わず吹き出した。

「確かに。でも、オレはディングさんみたいな考え方をする人が好きです。すみませんが、どこか隠れられる場所を知りませんか？」

「ああ。こっちに来な」

意気揚々と歩き始めたディングについていくと、彼は巨大な建物に近付き、その扉を押し開けた。内部に入ると、当初は視界が暗く染まったが、徐々に闇に目が慣れてくると、中の様子が分かってくる。

天井は高く、床の大半は海水が占めていた。そこに、規模は小さいものの立派な造りをした船が停泊している。

「あ、ボクの船！　よかった。あの様子だと、街の人達に取られてしまうのではないかと思っていました」

胸を撫で下ろしている様子のルーナに、ディングは誇らしげに胸を叩いた。

「おれもそう思ってな。船をここまで移動させたのさ。そうしてルーナを捜そうと思って建物を出たら、丁度良く出会えたってわけだ」

「そうだったんですか……ありがとうございます！」

「気にすんな。ここに居ればしばらくは大丈夫だろう。落ち着いたら、船で島に戻ればいい。おれは殺気立った連中に、お前達が明後日の方向に行ったって教えてくる」

　手を振って、ディングは建物を出ると、入り口を閉めた。

　ルインは扉にあった閂をかける。ここは船が出る為の出口以外は、窓もない。確かに籠城するには最適だろう。

「中々に見所のある男じゃったな。わらわは気に入ったぞ」

　サシャがディングの去っていた方を眺めながら告げると、リリスも頷いた。

「ルイン以外でも、魔族を嫌わない人はいるんだね」

「ああ、そうだな。魔族や人間といった種族全体じゃなく、個々人で向き合えば、分かり合えることもある。ディングさんのおかげでそのことが知れて嬉しいよ」

　自分の目的も夢ではない。そう、ルインも確信することが出来た。

「ところで……街の人達が追跡を諦めるまで、時間はかかると思う。その間に、ルーナのことを教えてもらってもいいかな？」

「あ……はい、そうですよね。ルインさん達も、もう無関係ではなくなってしまいました
し。でもその前に、どうして街の人達が突然に魔族を捕まえようとし始めたのか、教えてもらっていいですか？　今の魔王様が差し向けた魔族が権能を使った、と話されていましたが、それでもああしたことが起こるのに、きっかけのようなものがあったのでしょうか」

ルーナの質問に、ルインは簡単に事のあらましを説明した。

「なるほど……そういうことでしたか。確かにボクは、魔族です。あの勇者さんが言ったようにこの街から少し離れた島に、他のヒト達と住んでいて、武器や防具を街の人達に渡す代わり、食料品などの物資を貰っていました」

「でも、ルーナの外見は人間と同じだよね。どういうこと？」

小首を傾げるリリスに対し、ルーナが驚くべきことを告げた。

「それは――ボクが、人間と魔族の間に生まれた子どもの子孫だからです」

「……なんだと……？」

瞠目したのは、サシャだけではない。ルインもそうだし、リリスもまた控えめながらも同様の反応を示していた。

「ずっと昔のことだそうです。ボクの先祖は魔王様……あの勇者さんが言った【支海の魔王】様が封印される前に、直属の部下をしていたそうです。ですがふとしたきっかけに人間の女性と知り合い、恋に落ちました。魔族と人間同士、許される関係ではありません。でも、その女性はやがてお腹に子どもを宿しました」

魔王は当然、激怒した。今すぐに人間と別れなければお前を始末する――そう脅しつけたのだ、とルーナは語る。

「ですが、ボクの先祖に当たる男性は、それでも従いませんでした。自分はどうなってもいい。だけど、妻とお腹にいる子だけは助けて欲しいと願ったそうです」

男の態度は頑なだった。そうまでして人間を守ろうとする意志に、やがて魔王は折れ、妻子共々自らの許で暮らすことを許可したという。

「ボクには、人間と魔族、双方の血が混じっています。ですから、外見は人間と同じなんです。でも、魔力を持っているので権能も使えるんですよ」

「そういうこと、じゃったのか……」

感慨深く零すサシャ。ルインは思わず手を握りしめた。

「……すごい。すごいことだよ、ルーナ」

やがてルーナに近付くと、その両肩を強く掴む。

「君は人間と魔族の希望だ。未来への可能性の象徴と言っていい！」

「え？　え、ど、どういうことですか？」

当惑している様子のルーナに、ルインは興奮したまま続けた。

「言っていなかったけど、オレは人間と魔族――双方の融和を目指して旅をしているんだ。そのオレにとって、人間と魔族が愛し合った結晶とも言える君がここにいることは、本当に称賛すべきことなんだよ！」

「人間と魔族の融和、ですか⁉　一体どうしてそんなことを……」

益々混乱したのかルーナは目を白黒とさせる。

ルインは、掻い摘んで今までのことを語った。

「……というわけで、オレはサシャ達と一緒に、他の魔王を解放する為に動いているんだ」

「……は……はー……」

話が進むにつれて開いていったルーナの目は、ついに月を思わせるほど丸くなる。

「魔王使いに、魔王様……な、なんだか話の規模が大き過ぎて、受け入れるのに時間がかかりそうです」

「まあ、そうじゃろうな。いきなりこんな話を聞かされては」

「でも、私としてはルーナの話の方が驚きだったけど。人間と魔族の子どもなんて聞いたことがない」

リリスの言葉に、サシャもまた頷いた。

「うむ。わらわも知らぬことよ。ルインの言う通り、お主は我らにとって希望に等しい」

「そ、そんな大層なものではありませんけど……えへへ」

照れくさそうに頭を掻いた後、ルーナはサシャやリリスに輝くような目を向けた。

「そ、それよりボクは、話に聞いていた他の魔王様に出逢えたことが感激です！　サシャ様もリリス様も、お綺麗なだけでなくてすっごく強いだなんて！」

「はっはっは。なんだこやつ。愛い奴の極みか」

サシャは嬉しさを隠すこともなく顔を弛緩させ、ルーナの頭をくしゃくしゃと撫でる。

リリスもまんざらではなさそうに、口端を緩めていた。

「ルインさんも魔王使いだなんて、信じられません！　すごいですね‼」

「い、いやいや。オレは運が良かっただけだよ。それに、魔王を使役する人間、なんて魔族には良い気がしないいんじゃないか？」

「そうですか？　……言われてみればそうですね。でも、ルインさんはとっても良い人ですから。きっと、サシャ様もリリス様も同意の上でテイムされているんだろうなって思うと、あまり気になりませんでした。サシャ様、違うんですか？」

「いやまあ、それはそうじゃが。面白い奴じゃな、お主は」

サシャが興味深そうに言う。確かに、普通なら激昂してもおかしくないところだ。先入観ではなく、あくまでもその目で見たものによって判断しているのだろう。

ルーナを通して、彼女を育てた島の民のヒトとなりも知れるような気がした。

「ところで……なぜ、ルーナ達は支海の魔王が封印されている場所の真上にある島に住んでいるんだ？」

ルインが話を切り替えて質問すると、ルーナは「あ、はい！」と手を上げる。

「ボクも他のヒトからのまた聞きになっちゃうんですが。なんでも、魔王様は勇者によって封印される前、部下のヒト達を逃がしたそうなんです。ですが……その後、戻ってくると、様子を見守るために島で暮らし始めたと聞いています。いつ、魔王様の封印が解けてもいいようにと、その間に人間達が領域を侵害しないようにと」

「ふうむ、なるほど。見上げた忠誠心じゃな」

「サシャの部下は誰もいなかったらしいのにね」

「それはお主も同じじゃろーが」

サシャから鋭く睨みつけられて、リリスは肩を竦めた。

「この街の人達と繋がっていたのはいつから？」

「分かりません。ずっと前だそうです。ボクの住んでいる島では土地固有の鉱石が採れるのですが、それを使うと高品質な武器や防具が造れるんです。なので、武具を交渉材料に、何かの偶然で島を訪れた人間と取引を始めたのか、魔族自ら街に行ったのか……どちらかだとは思うんですが」

「なるほど。魔族にしろ人間にしろ、随分と思い切ったことをしたな……」

ただウルグの街を取り仕切るレーガンも、魔族であるキバが話の通じる相手だと分かった後は、交渉に応じていた。ルーナを見る限り、島の魔族達も無条件で人間に敵意を持つ相手ではなさそうではある為、理解し合えば意外とそういう者は多いのかもしれない。いずれにしろ、ルインにとっては嬉しい事実だ。

「ただ今回のことを見る限り、今後も同じ関係を続けていくことは難しそうですね。困りました。島に備蓄されている物資も残り少なくなっているのに、これからどうやって暮らしていけばいいんでしょうか」

「島を出ることは出来ないの？　他の土地に行けば解決すると思うけど」

リリスの投げかけた疑問に、ルーナは無念そうに首を横に振った。

「ダメです。ボク自身もそうですけど、島のヒト達は魔王様を守ることに誇りを持っていますから。見捨てるくらいなら死んだ方がマシだって考えているヒトも多いです」

「……忠誠心も過ぎると厄介だね」

「ふうん。じゃあ、島に居ることさえ出来れば、物資の取引をする相手はこの街の人達でなくてもいいってことだな？」

「え？　ええ。そういうことになりますが」

問いかけの意図していることをはかりかねるのか、きょとんとした様子を見せるルーナに、ルインは言った。

「ならその問題は解決する。オレ達を、ルーナの島に連れていってもらえないか？」

「ボクの島にルインさん達を？　それでどうにかなるんですか？」

「ああ。大丈夫だと思う。君が出会ったばかりのオレ達を信じてくれるなら、だけど」

ルーナはしばらくの間、逡巡するようにして、ルイン達を見比べていた。

そうして目を伏せて、ひとしきり唸った後——やがては口を開く。

「……分かりました。ルインさん達は、街の皆さんに追われているボクを迷うことなく助けてくれました。信じます。ボク達を助けてくれますか？」

「もちろん。君の船を使わせてくれるかな」

「はい！　ありがとうございます。では街が落ち着いた頃に、出発しましょう！」

ルーナが満面の笑みを浮かべて言うのに、ルインもまた鷹揚に頷くのだった。


夜も更けた海は、心地好い波音を奏でていた。

それは子守歌のように耳朶を打ち、穏やかな感情をもたらしてくれる。

実際に、周囲から微かな寝息が聞こえる中——。

ルーナは膝を抱え、物言わずして、虚空を見つめていた。

「眠れないのか？」

不意に声が聞こえる。ルーナは視線を移し、闇の中に目を凝らした。

赤い髪の青年、ルインがゆったりとした足取りで近付いてくる。

「……ルインさんこそ、寝ないんですか？」

「なんとなく起きてしまってね。良かったら、少し話でもしないか？」

ルーナが無言で頷くと、ルインは「ありがとう」と一言述べて、隣に腰を下ろした。

「まあ、昼間、あんなことがあったら寝られないのも、無理はないな」

「ああ……ええ、確かに少し落ち込んじゃいました。権能の影響があったとはいえ、街の人達とはずっと仲良くして来たつもりでしたから」

「そうか。しかし、よく考えてみれば、人間と交渉しなくても、島で自給自足が出来そうなものだけど。どうしてそんなことをしようと思ったんだろうね」

「仰る通り最初は畑を耕したりしようとしたそうなんですが、島の土があまり良くなかったみたいで……野菜が上手く育たなかったんです。海で魚を獲るにも、全員の食料にする分を毎日確保するのは難しかったようで」

「ふうん。まあ、自然を相手にする以上、いつ突然に途絶えるか分からないしな。安定した物資供給先が必要ではある」

ルーナは頷いた。ルインと同じ危機感を、島に住んでいた魔族達も抱いたらしい。

「それで鉱石を使って交渉することを思いついたわけか。島のヒトは元々、武具を造るような技術をもっていたのか？」

「はい。魔族は元々、頑丈な体と権能をもっているので、あまり武装はしないそうなんですが。魔王様が封印される前、兵力向上の為にやり始めたみたいです」

それほどまでに、島の鉱石から生産される武器や防具は強力だったということだろう。

「どんな過程を経たのかは分かりませんが、そうして人間と島の魔族は相互利益の関係を結びまして。だけど、ずっと付き合っている内に、そういうこととは別に親しくなっていたって……ボクはそう思っていました」

「……残念だな。街の人達の気持ちも理解出来ないではないけど」

「……。そうですね」

確かに、あのような脅しをされた上、権能を使われれば、混乱して従う者も出てくるだろう。

「でも、起きていたのはそれが原因じゃなくて。……ずっと、ルインさんに言われたことを、考えていたんです」

「……オレに言われたこと？」

「ボクが『希望』だって言われたことです」

それは、ルーナにとって想像もしていなかった言葉だった。

少し躊躇ったが——せっかくだからと、気持ちを口に出してみることにする。

「……ルインさん。ボク、ずっと心のどこかで、自分のことが嫌いだったんです」

「どうして？」

「島の皆と、違う姿をしているからです」

魔族であるにもかかわらず、人間のような姿をしている。

そのことが、周囲との間に壁を築き上げている気がしていた。

「……もしかして、いじめられたりしていた？」

「あ、違います。それはないです。島の皆は、ボクの外見なんて関係なく、とても優しくしてくれました」

気遣うような素振りを見せたルインを安心させる為、ルーナは急いで首を横に振った。

「でも……だからこそ、ふとした時に、思ってしまうんです。こんなに良い人達と、どうして自分は違うんだろう。なぜボクだけが、皆と同じになれなかったんだろうって」

「……。ルーナのご両親は？」

「ボクが物心つく前に、亡くなりました。それからは島の皆に育ててもらいまして」

「そうか。じゃあ、島のヒト達は、家族みたいなものなんだね」

ルインの、言う通りだった。血の繋がりはない。しかし、彼らはまごうことなき、自分の大切な身内だった。

「なのに、自分だけが違う姿をしている。家族なのに。そういうことか？」

ルーナは頷き、闇に慣れた目でわずかに分かる、ルインの顔を見た。

「ルインさんは、ボクを未来への可能性だと仰いました。だけど、ルインさんの仰る、魔族と人間が一緒に暮らす国が出来た時……ボクは、どちら側に居ればいいんでしょう？」

魔族でもなく人間でもなく。どちらでもあり、どちらでもない。

そんな中途半端な自分は、両者が共存する世界で寧ろ、つまはじきにされてしまうのではないだろうか。そんな不安をふと、覚えてしまったのだ。

「それは……」

何かを言おうとして、ルインは、口をつぐむ。悩んでいるというよりは、言葉を選んでいる、といった方が正しいような雰囲気だった。

「ごめんなさい。助けてくれたルインさんの理想に、水を差すようなことを言ってしまって。でも、気になって考えていると、眠れなくなってしまって」

「いや、いいんだ。君の言う通りだ」

呼吸を一つ、置くような間を空けて。

ルインは、落ちついた声で告げた。

「もちろん、オレとサシャが二種族の融和を成し遂げた時、ルーナの言うようなことにはならないようにする。それは、絶対だ。ただね。どちらでもないということは、どちらにもなれるってことだ」

「……どういう、ことですか？」

「結局は、君がどうしたいか、なんだよ。魔族でいたいのか、人間でいたいのか。それとも、どちらでもないのか」

難しい問いかけだった。ルーナはしばらく、普段あまり使わない頭を回転させたが、良い答えが思い浮かばない。

「……分からないです」

「そうか。分からないということは……君は本質的なところで、『どちらでいるか』を重要ではないと考えているからじゃないかな」

「そ、そうなんですか？」

「うん。納得できないなら、質問を変えるよ」

ルインは倉庫の壁に背を預け、再び口を開いた。

「君は、島の皆がどちらであればいいと思う？」

「……え？」

「魔族のままがいいの？　それとも、自分と同じ外見の人間であった方がいいの？」

ルーナは、眉を顰める。今度は、難解――というよりも、ある種、想定の範囲外とも言える問題だった。

「それは……その……どちらでもいい、と言いますか。見た目が人間でも魔族でも、皆は皆ですし……あれ？」

ふと、自分の発言がおかしいことに気が付く。ルインはそのことを察したのか、微かに笑みを浮かべる。

「そうだね。君はそう言うと思った。きっと、島のヒト達もそう考えているよ。本当のところはね、人間も、魔族も、両者の子も、性別も、姿も、出自も関係がないんだよ。大切なのは、誰と一緒に居たいか、と思うことなんだ」

だけどね。ルインは優しい口調のままで続けた。

「誰だって初めの一歩は恐い。ルーナの言うように、仲間外れにされてしまうんじゃないかって思ってしまうだろう。そんな時――もし君が、オレ達の国に居て、他と親しくしていたら、同じような出自のヒトはどう見るだろう」

「……自分だって受け入れてもらえる。そうなります」

あのヒトがそうなら、自分だって――そんなことを、感じるだろう。

「うん。そういう意味で、ルーナはやっぱり、希望なんだよ。だから、君の抱えている疎外感をなくすことは、中々に難しいとは思うけど……そんなことは君が誰かと生きる上で些細なことなんだと、少しでもそう信じてくれるとオレは嬉しいし、島の皆も、そうなんじゃないかな」

「……ルインさん……」

胸につかえたものが――とれていくような。そんな感覚を、抱いた。

ルインの言う通り、まだ完全ではない。

ただそれでも、楽になったような気は、確かにした。

「……そうですね。ボクは、島の皆が大好きです。だから、信じてみたいです」

ルインは笑みを浮かべたまま、ルーナの頭をそっと撫でてくる。

なんだか、照れくさくなって、ルーナは俯いた。

波の音は変わらない。

だけど今度は、よく眠れそうに思えた。

ルイン達は時機を見て、夜明け頃にルーナの船で港を出発した。

幸い、追跡は一旦諦めたのか街に住人の影はほとんどなく——何事もなく海原へとこぎ出でることに成功する。ルーナの使っていた船は小型ではあるものの、性能には問題なく、風を受けて波を切り、力強く目的地へと進んでくれた。

「うむ。海を見たことはあったが、実際に出るのは初めてじゃな。何とも潮風が心地よい！」

サシャが腕を組み、彼方の水平線を眺めながら満足そうに言った。

——船の先端に立ったままで。

「いや危ないよサシャ。落ちたらどうするんだ」

ルインが注意するのに、サシャは豪快に笑う。

「フハハハハハハハ。我を誰だと思っておる。最古にして最強の魔王ぞ。魔王はそのようなうっかりはせん！」

「そうかな。しそうな気がするけど……」

「馬鹿を申すな。それより、見よ、ルイン。このどこまでも広がる蒼き海を！　世界とはかくも広きもの。いずれわらわ達の国を築きし時、この大海原が如きどこまでも果てない土地を持てば——ぎゃあ⁉」

その時、空を飛ぶ海鳥が甲高い鳴き声と共にサシャに向けて降下した。

引きつれていた仲間達も揃って彼女をくちばしで突き始める。

「あああああ！　こ、こら、やめんか！　わらわの醸し出す魅力に辛抱たまらず近付いてきた気持ちは分かるが、そのように荒っぽい方法で接触を図るなど！　いた！　いたい！　やめんかお主ら！　炎で焼き払うぞ!?　よいかわらわは本気だぞ、理解したら今すぐやめていいたいいたいいいた——ひゃあああああ！」

海鳥からのひと際大きな一撃を喰らい、サシャは避けようとして足を滑らせると、船から落下した。

「ああ、もう！　だから言わんこっちゃない！」

ルインは走って滑り込み、船の縁から手を伸ばす。間一髪というところでサシャの腕を掴むことが出来た。そのまま引き上げる。

「か、感謝する。いや思いも寄らぬ不意打ちを受けたものよ。これはいかに魔王でも想像は出来まい」

「大体予想できた事態だとは思うけど……」

やれやれと思いながら、ルインがサシャと共に甲板へ戻ると、舵輪を握っていたルーナがはしゃいだ声を上げた。

「サシャ様、あんなに海鳥に懐かれるなんて、普通はありません！　さすが魔王様です！」

「そ……そうか？　いや、そうじゃろう。うむ。その通りじゃ。魔王ともなると、知らずして人気が出て仕方ない。フハハハハハハハ！」

「……単に嘗められてただけじゃないかなぁ」

ルインの呟きは、高笑いするサシャの耳には届いていないようだった。

「島には昼頃には着くと思います。船の操作はボクがするので、ルインさん達はゆっくり休んでいて下さい！」

ありがとう、と礼を言いながら、ルーナの朗らかな顔を見て、ルインは胸を撫で下ろす。

昨日の夜に見た憂いは消えていた。彼女の中で、何らかのケリはつけられたようだ。

「ん……ところで、海には巨大な魔物が出るそうだけど、君はよく無事だったね」

「ああ、それなんですが、多分、魔物が暴れ出したのは魔王様の封印が弱まっているからだと思います。あ、ボク達が封印を解こうとしているとか、そういうことではないですよ？」

慌てたように付け加えたルーナに「分かってる」とルインは返す。

「でも、それならどうして封印が弱まるんだ？」

仮に原因が時間の経過だとすれば、サシャなどとっくの昔に解放されてもおかしくないはずだった。

「恐らくは女神の力が昔に比べると減退しておるからじゃろう」

サシャの発言に、ルインは彼女へと視線を向ける。

「魔王を封印する度に、女神は宝具を通し、自らの力を使っておる。それが時と共に減っていき、封印する効果そのものも弱まっておるのじゃ」

「そういうことか。ならこれから先、オレが魔王使いとしての力を使う前に、封印が解けてしまう魔王がいるかもしれないのかな」

「可能性としてはあるが、そうならぬことを祈る他はないな」

尤もだ。もし現魔王が復活した過去の魔王と手を組みなどすれば、少々、いや、相当に面倒なことになるかもしれない。

「支海の魔王様は海の生き物を操る権能を持っておられました。その効果は、魔王様が危ない時にはその身を守るため、自動的に発動するんです」

「それで封印が弱まったせいで魔王の力が漏れ出し、反応した魔物が主を守ろうとして、島に近付いてくる人間を排除していたのか」

「はい。でもボクは半分、魔族の血が流れていますから。魔物も襲わなかったのでしょう」

そういうことか、とルインは呟く。ようやく合点がいった。

「ただ魔物を操れるのはあくまでも魔王様だけなので、ボク達ではどうにもできなくて。街の人達には申し訳ないです」

「それは、仕方ないことだよ。ただ、オレが魔王を封印から解けば、その件については何とかなるとは思う」

「本当ですか！　魔王使い、いえ、ルインさんってすごいですね！」

「……支海の魔王とやらが、大人しくこっちの言うことを聞いてくれれば、の話じゃがな」

サシャの懸念は尤もだ。なるべく平和的に行きたいところだが、どうしようもなければ、戦うことにはなるだろう。

「まあ、実際に会ってみなければ、なんとも言えないか……ところでリリスはどうしたんだ。さっきから姿が見えないようだけど」

「リリス様なら後ろの方に行きましたよ。なんだかおぼつかない足取りでしたけど」

ルーナの言葉に、ルインは船の後方部へと向かう。

そこには、縁から身を乗り出して海を見下ろすリリスが居た。

「どうした、リリス。なにか見えるのか？」

「……おぐ……」

呻くように呟いたリリスの横顔を、ルインは覗き込んだ。

「……おぐえ……」

直後に何もかもを悟る。彼女の顔は酷く青ざめ、今にも卒倒してしまいそうだった。

「……船酔いしたのか」

「いやしてるだろ。明らかに気持ち悪そうだ。吐きそうなら吐いてしまった方がいいぞ。楽になる」

「してない……」

「嫌だ……魔王は吐かない……」

「そんなこともないだろ」

苦笑して背中をさすると、リリスは喘ぐように口を開けて、ぐったりと船の縁にもたれかかった。

「……あれ」

が、間もなく、小さな声を上げる。

「どうした。吐くのか?」

「だから吐かない。変な音が聞こえる」

「変な音? ……なにも聞こえないけどな」

耳を澄ませてみるが、鼓膜を揺らすのは波の音と、海鳥の鳴き声程度のものだ。

「周りじゃない。海の中。底の方から。確かめてみる」

言って、リリスは目を閉じた。間もなく――彼女の頭に変化が起こる。

髪と髪の間から、ひょっこりと何かが飛び出した。

猫の耳だ。灰色と黒の斑模様になっているのが特徴だった。

「それは……もしかして【キャットレイダー】の力か？」

聴覚に優れた魔物で、数キロ先に落ちた針の音すら聞き分けると言われている。

「ああ！　おい、リリス、なんだその耳は!!」

と、そこで、サシャが遠くの方で騒ぎ始めた。

「か、可愛いではないか。お主、そんな力を持っていたとは、ずるいぞ！」

「本当です！　リリス様、耳がぴくぴくしていて、とっても素敵です！」

ルーナにまで褒められて、リリスの真っ白い肌にわずかな朱が浮かぶ。

「か、可愛くないし素敵でもない。……なに？　ルイン」

じろり、と咎めるような目で見られ、ルインは「なんでもない」と急いで答えた。自分もサシャ達と同じことを思っていたとは言えない雰囲気だ。

「でも、なにかいるって、海の底？　魚とか？」

ここへ来るまでも、時折、海面から飛び出す群れを見た。飛び魚と呼ばれる類のものだ。

「ううん。もっと大きい。これは……どんどんと近付いて来てる？」

リリスは猫耳を不規則に動かしながら、顔を上げた。表情からは先程まであった弱々しさが消え、警戒するような強張りを見せている。

「……。ルイン、下がって」

「え──」

そうして、突然に。

「──来る！」

珍しくリリスが大きな叫びを上げるのと、衝撃が起こるのはほぼ同時だった。

船が激しく揺れ、ルインの目の前で大きな水飛沫が上がる。

リリスの宣言通り、海中から現れたのは──途方もなく巨大な生き物だった。

青々とした肌を持つ長い首は天に達するが如く伸び、遥か上方からルイン達を見下ろしている。尖った顎に、魚のヒレを思わせる耳。鋭い眼差しは赤く染まり、開いた口にはびっしりと細かく鋭い歯が生えていた。

「これは……【シーサーペント】!?」

ルインの呼んだ名に答えるよう、魔物が強烈な咆哮を上げた。空気だけでなく船をも大きく震わせて、咄嗟に耳を塞がなければ鼓膜が破けてしまうところだ。

シーサーペント。魔物の中でもその凶暴さは広く知られており、冒険者ギルドが定める脅威度においては【危険級】となっていた。以前にルインが討伐したストーム・ドラゴンと同じで、場合によっては国が動いて治めなければならない相手だ。

「これが街の人が言っていた巨大な魔物の正体か……！」

殺意の眼差しを向けてくるシーサーペントを、ルインもまた真っ向から睨みつける。

「またデカいのが出たな……!?」

サシャやルーナもルインのもとへと駆けつけて、突如として現れた魔物の姿に驚いたように立ち止まった。

「見ての通りだ。多分、オレが人間だから、反応して姿を見せたんだろう。噂通りなら、このまま放っておくと船を沈められる」

「うん。話の通じる相手じゃなさそうだし、やるしかないね」

リリスが脚を広げ、腕を交差した。直後――権能が発動し、彼女の四肢は巨大化する。上はびっしりと赤い鱗が生え、下は長い毛に覆われた獣と化した。レッド・エンペラー・ドラゴンとアサルト・ウルフ。強靭な力と俊敏な動きをもつ魔物の合わせ技だ。

「ルーナ、君は下がっていてくれ」

「でも、ボクも権能を使えますから……！」

「分かってる。でも、ちょっと相手が悪い。まずはオレ達だけでやってみるから、必要になったら力を貸してほしい」

「……そうですね。分かりました。待機しておきます！」

素直に引き下がったルーナにルインは微笑みかける。

「ルーナよ、お主の出番はないぞ。この程度の輩、わらわ達がかかれば造作もないわ」

サシャが指を鳴らすと、その全身が漆黒の炎で包まれた。

轟々と燃え盛る中、彼女は魔王の名に相応しき冷酷で残忍な笑みを作る。

「ああ。船に被害が出ない内に仕留めよう。――【魔装覚醒】！」

ルインが唱えると眼前に炎が躍った。サシャと同じ、ぞっとするほどの闇に満ちている。

内部に手を入れ、場に必要なものを選択。瞬時に引き抜いた。

炎から現れたのは、細緻な意匠を施され、黒水晶を思わせる刃をもつ【破断の刃】。

「サシャ、炎を！」

サシャが「分かっておる！」と黒炎を操りルインへと向けた。それを刃で砕くと、粒子が飛び散り、すぐに剣身へと吸収される。

同時にルインの持つ得物が一回り、いや、二回り近く巨大化した。魔族の権能を無効化し、構成された魔力を吸い取ることで、無限に巨大化する。それが破断の刃の効果である。

「一番手は貰うよ」

甲板を蹴ると、リリスが跳び上がった。シーサーペントがその身を噛み砕かんとして喰らいつくも、彼女は鼻面を蹴って更に移動し、海から半ば出ている長大な体へと降り立った。更に、首を伸ばしてくる相手を翻弄するように、アサルト・ウルフの力で高速移動を開始する。

残像を刻む勢いで動くリリスを捉えきれず、シーサーペントは一瞬、動きを止めた。

その間に肉薄、再び跳躍すると顔面へと到達し、リリスはレッド・エンペラー・ドラゴンの巨大で武骨な拳を振り上げる。

だがその前に、相手は大きく口を開いた。

直後――喉奥から、大量の水流が吐き出される。

「――くっ⁉」

咄嗟に、リリスは背中から鳥を思わせる翼を生やし、上空へと逃れた。

だがシーサーペントは尚も水流を放出し、リリスを仕留めようとする。

「気を付けろ！　シーサーペントの吐き出す水の勢いは、鋼鉄すら簡単に砕く！　当たれば如何に君でも無事では済まないぞ！」

ルインの助言に、リリスは逃げ惑いながら舌打ちした。

「鬱陶しい……ッ！」

次いで彼女は大きく反らした身から、大量の火を吐き出す。全てを焼き尽くすレッド・ドラゴンの焔がシーサーペントを襲った。

相手は絶叫し、身悶えるように震えたが、思っていた以上に傷は受けていない。

「シーサーペントの体は水を吸収して保つ皮膜に覆われていて、火が通りにくいんだ！」

「……面倒な」

「ふん。ならば次はわらわの番よ。破壊の炎にそのようなものは関係ない！　絶望破壊！」

サシャが両手を突き出すと、彼女の身に宿っていた火が一斉に動き始めた。

意思を持つようにうねりを見せながら、シーサーペントを狙う。

だが相手は攻撃を察知すると、すぐ様、海の中に潜ってしまった。

サシャはすかさず腕を振り、権能の動きを操作する。直角に曲がった漆黒の炎が海へ向けて落ちた。刹那、水面が大きく割れて、内部を明らかにする。

「絶望破壊は海すら砕く！　わらわ達に手を出したこと、海の底で後悔するが良い！」

しかし、そこにシーサーペントの姿はなかった。間もなく、大きく穿たれた海は、元へと戻っていく。

「ぬう。どこへ隠れた⁉」

「海中でのシーサーペントは動きが速い。姿を認めてからじゃ攻撃は当たらないよ」

「なんじゃと。ならばどうする。海中に居る以上、以前のストーム・ドラゴンのように目を潰して動揺を誘うことも出来ぬぞ」

「うん。分かってる。リリス、シーサーペントの動く音は聞こえてるか⁉」

空中に呼びかけると、未だ猫耳を生やしたままのリリスは頷いた。

「一応は。でも速過ぎて位置を特定してもすぐに移動する」

「それでいい。教えてくれ！　後、サシャは手当たり次第に炎を撃ってくれ」

「ぬ？　なんだか分からんが、ルインが言うことじゃ。従おう！」

サシャは炎を呼び出すと、次々に放り、海へと落としていく。

「右に動いてる。次は左。真っ直ぐ。右。右。左。真っ直ぐ。また左」

リリスの報告を聞きながら、ルインは大剣を持ち、じっと待ち構えた。

「真っ直ぐ。左。右。左。右。右。真っ直ぐ。深く潜った。今度は右。左に行って――」

「サシャ、炎を止めていい！」

指示を出し、サシャがルインの言う通り攻撃を中止して、数秒後。

「――今だ！」

ルインは疾走すると、船の縁に足をかけ、そのまま跳び上がった。

「ルイン⁉　どうするつもりじゃ⁉」

「サシャ、オレの真下に炎を放つんだ！」

困惑している様子のサシャだったが、さすがというべきか、即座に権能を発動。漆黒の炎を、ルインが落下していく海面へとぶつけた。

波が割れ、深い青によって遮られていた内部を露にした瞬間――。

シーサーペントの姿が、はっきりと現れた。

ルインはそのまま大剣の刃を、相手の胴体に突き刺す。絶叫が迸った。大量の血が飛び散り、海を穢していく。刃を抜くと、振り返り様、更に前方へと移動。ルインは得物を振るい、シーサーペントの首に裂傷を刻む。

二度にわたる攻撃によって、相手は混乱し、その場で暴れ始めた。

空中から降りてきたリリスがルインを持ち上げ、そのまま再び浮かび上がる。

「すごいね。どうやったの？」

「サシャの攻撃が立て続けに放たれたことで、相手はそれを避けようと動き回った。だけど突然に止んだから、今が機会だと思って船に突っ込んできたんだ。そこを狙った」

「ふうん。でも、姿が見えないのに、よく正確な場所が分かったね」

「リリスが動きを教えてくれただろ。あれで相手の移動速度を大体把握できたからな。後は最後に居た地点からの時間を計算して、現れるところを予測した。簡単だよ」

「……全然簡単じゃない気がする」

抑揚が無いながらも、リリスの声は驚嘆しているように聞こえた。

「フハハハハハ！　さすがルイン！　見たか魔物よ！　あれが我(わ)が自慢(じまん)の相棒だ！」

サシャは大量の炎を生み出し、それらを空中で一塊(ひとかたまり)にまとめ上げる。

「その身では満足に動けまい。これで死ねええええええええええい！」

漆黒の太陽と見紛(みまが)うばかりのそれを、彼女は勢いよく投げようとした。

「ま、待って下さい！　殺さないで！」

だが、様子を見守っていたルーナが手を上げて止めに入る。

「あの魔物は魔王様を守ろうとしただけなんです！　許してあげて下さい！」

「え!?　あ、サシャ、止まれ！」

咄嗟にルインが命じると、サシャが「ぎゃふんっ！」とその場に突っ伏(ぷ)した。それに合わせて、炎も消える。

「わっ！　え、これが魔王使いの力……？」

不思議そうにしているルーナに、サシャが怒(いか)りを込めた眼差しを送った。

「お主……そのようなことを言っている場合か……格好良く決めようとしたわらわの立場はどうなる……」

「あ、ああ！　ごめんなさい、サシャ様！　でも、その、どうにか殺さないで済ませることは出来ないでしょうか……」

二人がやり取りをしている間に、ルインはリリスに運ばれて船に降り立つ。

「動いていいよ、サシャ。……それにしても、命を奪わずに追い返すか」

「難しいんじゃない。あれくらいじゃ諦めそうにないし」

リリスの言う通り、シーサーペントは傷の痛みから立ち直り、再びルイン達に狙いを定めていた。

「そ、そうですか。ボクのわがままですみません。無理なら……仕方ないです」

「……いや。そうでもないんじゃないかな」

項垂れるルーナであったが、ルインの言葉に「え……？」と顔を上げた。

「さっきまでは無理だったけど、動きの鈍った今ならいけそうだ」

ルインは再び【魔装の破炎】を呼び出した。内部に手を入れる。

「――新しく手に入れたあれを使おう」

勢いよく引っ張り出したのは、極めて頑丈そうな鎖に繋がった鉄球だった。丸みを帯びたその表面には無数の棘が生えている。

「【獣王の鉄槌】か。それでどうするのじゃ。相手を殴りつけるのか？」

「いや。前にも少し言ったけど、この武器には特殊な効果があってね。一つは使い手の意志によって延々に鎖が伸び続けることだけど、もう一つあるんだ」

ルインは鎖を手に持つと、シーサーペントに向き直った。

「まあ——見ていてくれ」

再び咆哮が上がる。シーサーペントが怒涛の勢いで海を割り、近付いてきた。

ルインは鎖を勢いよく振り回し、一歩踏み出すと、それを最大の膂力で投擲する。

「吼えろ。——【王命隷縛】！」

ルインの言葉に、得物が反応した。自動的に鎖が伸長し、更には複雑な動きを見せる。

シーサーペントは接近してくる武器に対し、狼狽したように攻勢を中断、鉄球を避けようとした。しかし、ルインの与えた傷によって思うように体が動かず——。

その間に、鉄球付きの鎖は瞬く間に何重にも亘って回転し、シーサーペントを縛り付けてしまった。

相手は高々と吼え、鎖を引き千切ろうとするが上手くはいかない。

加えて、その動きも次第に衰え、ついには完全に停止してしまった。

「これは……どういうことじゃ⁉」

サシャが説明を求めるように見て来た為、ルインは答える。

「獣王の鉄槌は鎖が伸びる以外にも、生命、物質を問わず、縛り付けることでその動きを強制的に止めることも出来るんだ。大きさにもよるけど、最大でもって数分程度ってところかな。多分、リリスの【魔物の力を支配する】というところから来ている力だと思う」

「……へえ。やっぱり私の武器。中々やるね」

心なしか自慢げな様子で、リリスは胸に手を当てた。

「ルーナ。シーサーペントに船を近づけて欲しい。後はオレが何とかする」

ルーナは頷き、急いで舵輪に戻ると船の方角を変え、シーサーペントへ向かった。

鎖に縛り付けられた状態の相手を目の前に、ルインは鋭い眼差しを送る。

「……。恐いか」

たっぷりの間を置いて。意識し、声を、低く落とす。

重要なのは隙を見せないこと。相手を真っ直ぐに見据え、片時も視線を外さない。

向こうが自分より大きいか否かなど、関係ない。

時に脳裏に抱く幻想は、実像を容易く超えていく。

「オレは――他にも武器を持っている」

シーサーペントの顔色が変わった。本来、魔物の表情など見定められるものではない。

だが、ルインは魔物使いとして成功する為に、数えきれないほどの魔物を相手にしてきた。

そうしていく内、いつしか彼らの心の動きや感情を読めるようになっていた。

「君程度を殺すことなんて、造作もない」

恐怖、だ。明らかに。シーサーペントはルインに対し、今、恐れを抱いている。

「オレ達は魔王を倒しに来たわけじゃない。君の命を奪う必要はない。だがそれでも向かってくるというのなら、容赦をするつもりはない」

あくまでも淡々と。脅しつけるわけでもなく虚勢を張るわけでもなく。

あるべきことをあるように。当然のことを当然の如くして口にするように。

「これは最後の警告だ。死にたくないなら帰れ」

そうして最後に、わずかに力を込めて、ルインは言った。

「オレは――本気だ」

シーサーペントがわずかに体を竦ませる。

たかが人間であるはずのルインに対し、怯えるようにして。

次いでルインは、スキルを解除した。相手の鎖が音もなく消えていく。

シーサーペントはしばらくの間、無言でルインのことを見つめ続けていた。

だが、やがて、静かに動き始める。海の中へと潜り――徐々に、気配を消していった。

「……どこか遠くへ行ったみたいだね」

リリスの報告で、サシャがはたと我に返ったように、問いかけてくる。

「ルイン……お主、今、何をした？」

「うん。魔物といっても、野生の動物には違いない。彼らは特別な理由でもない限り、人間のように無駄だと分かっていながら、自分の能力を超えた相手に食ってかかるような真似はしない。オレは相手の動きを得体の知れない方法で止めた。そんな奴からむき出しの殺意をぶつけられれば、警戒するのは当然だ」

ルインは振り返ると、先程まで発していた殺気を消して、にこりと笑った。

「このまま傷ついた状態じゃ単独で勝てないと判断して、一旦退いたんだと思う。ひょっとしたら仲間を連れてまた来るかも知れないけど、どのみち、傷が癒えるまで時間はかかる。その間に島に行こう」

「……お主、全てわかった上で今の行動を？」

「まあな。絶対に上手くいく、とまでは思ってなかったけど」

相手の負った傷の深さとルインのぶつけた感情、そのどちらかが計算より劣っていれば、相手は退散しなかっただろう。

「前々から思ってたことではあるけど、ルインってたまに、魔王より無茶苦茶な人間なんじゃないかって思うよね」

リリスがしみじみと語るのに、ルインは「そ、そうか？」と戸惑う。

「あれだけ巨大な魔物を相手に、ちっぽけな人間が恐怖で圧倒できると思うこと自体が異常じゃ。……ま、お主らしいと言えるが」

　サシャが苦笑していると。

「す……素晴らしいですっ!!」

　突然、ひと際大きな声と共に、ルーナが凄まじい勢いでルインに近付いてきた。

「サシャ様とリリス様、お二人も非常にお強い力をお持ちですが、ルインさんの戦いにボク、度胆を抜かれました！　状況に対し臨機応変に対応する、その発想！　経験に裏付けされた動き！　冷静な判断力を持つ頭脳！　全て完璧ですっ!!」

「い、いやいや。大袈裟だよ」

「いいえ、大袈裟ではありませんっ！　ルインさん、ボクはあなたの強さに感動しています！　いえ、戦いだけではありません！　考え方や行動力、何事に対しても動じない胆力まで！　尊敬します！　握手して下さい!!」

　勢い込んで手を差し出され、ルインが困りつつも握り返すと、ルーナはそれを愛おしそうに包み込んだ。

「ああ……こんなところで、ルインさんのような素晴らしい強者に出遭えるなんて……！　ボクは幸せ者です！」

「……そんなに強さに憧れがあるの？」

　高揚し切っている様子のルーナにリリスが小首を傾げると、彼女はぶんぶんと折れんばかりに首を縦に振った。

「ボクは魔王様の右腕と呼ばれた魔族の末裔です。だからボク自身もそのようにあらねばと心がけておりまして！　ですから、強い人に会うと嬉しくなるんです。勉強になりますから！　ルインさんは正に理想の体現者です！」

「そ、そうなんだ。褒めてくれてありがとう」

「いえ、とんでもない！　あ、あの！　出来れば、抱きついてもいいですか⁉」

「ええ⁉　なぜ⁉」

「ルインさんにくっついたら、体から溢れる強さ分が吸収できるような気がして……！」

　無茶苦茶な理屈だ。そんなことがあるわけもない。だがルーナの目は本気だった。

「お願いします！　ちょっとだけでいいですから！」

「え、えーと。でもそれは、ちょっと……」

　いくらルーナが自分より年下だと言っても、幼子ではない。そんな彼女と密着するというのは如何なものだろうかと、ルインが焦っていると、

「ああ、ごめんなさい！　もう辛抱たまりません――抱きつかせて頂きます！」

　興奮したルーナが、甲板を蹴って、飛びかかって来た。

「うわ、ええ⁉　ちょっ——」

が、直後に彼女は横から伸びて来た手に襟首を掴まれて、強引に引き戻された。

「やめぬか。年頃の女子がみだりに男にくっつくものではない」

サシャがたしなめるような口調で言いながら、ルーナを持ち上げている。

「ああ！　サシャ様、後生ですから！　一度だけでいいんです！」

「落ちつかぬか。客観的に見てるとお主、相当にやばい奴じゃぞ」

手を合わせて懇願するルーナをサシャが諭すと、彼女は間もなく、冷静さを取り戻した。

「……あ。しまった。ついはしゃぐあまり、とんでもないことを」

先程までの自分を省みるに至り、羞恥を覚えたのか、ルーナは顔を赤らめる。

「ルインさん、ごめんなさい。さっきのボクのことは忘れてください」

「あ、ああ、いいけど」

あの変わりようは簡単に記憶から消せそうにないが、と思いつつもルインは頷いた。

「まったく。礼儀正しい娘だと思えばとんでもないものを隠し持っておったな」

サシャに下ろされて、ルーナは「え、えへへ」と照れくさそうに頭を掻く。

「………………」

「なんじゃリリス。わらわに言いたいことでもあるのか」

と、そこでサシャは、己をじっと見つめていたリリスに視線を移した。

「いや別に。サシャって案外、嫉妬深いなと思って」

「は、はあ⁉　なにがじゃ⁉」

「さっきの、ルーナがルインに抱きつくのが嫌で止めたんでしょ？」

「そ、そ、そんなわけあるか！　あれはその、なんというか、道徳心から来たわらわの配慮であってじゃな！」

「ふぅーん。まあ別にどっちでもいいけど」

「お、おい、こら！　どっちでもよくはない！　きちんと納得しておるのじゃろうな⁉」

肩を竦めて離れていくリリスに、サシャは手を伸ばす。

「分かったよ。サシャはルインを独占したい。そういうことでしょ」

「ちがっ――い、いや、まあ、ルインはわらわの相棒じゃからして、他の者よりはそういった気持ちが無くはないが、しかしそれはその、そういうのとは違うのじゃからして！」

「はいはい。……でも私もルインのこと、割と気に入ってきたから。いつまでもそういう態度だととられちゃうかもよ」

「……ええ⁉　おい、どういうことじゃ！　待て！」

追いかけるサシャから、リリスは翼を生やして逃げる。

「ルインさん、モテモテですね！」

ルーナから言われて、ルインは「……そ、そうか？」と困惑しつつ、答えるのだった。

「……ほう。では、あの男が言っていたことは事実だ、ということだな」

謁見の間。人を排除したその空間で、フィクシス王は玉座にもたれかかり、眼前で跪く青年に言った。ただし彼の姿は幻像のようにして、時折掠れるような動きを見せている。

青年――フィードの仲間が扱う、水の精霊術によるものだった。

詳細な理屈は不明だが、違う場所に居る精霊同士に意識としての繋がりを持たせることで、ラシカートに居るフィードの姿を、この場所で水鏡のように形成しているとのことだ。

同時に彼の発した言葉すらも遅延なく伝えられるというのだから、便利なものだった。

「はい。町長に確認したところ、はっきりと認めました」

フィードは頭を垂れながら、淡々と報告する。

「港町ラシカートは秘密裏に魔族と繋がり、利益を得ています。あの街から出荷されている武器、防具の類は全て先程申し上げた島の魔族が造り上げたものかと」

「なんと……信じられぬ。そのようなことがあったとは」

王は額に手をやり、大いに嘆いた。女神に仇為す悪逆非道の種族。そんな彼らと交渉している人間が居たとは。許し難き所業である。

「如何なさいますか、王。ご命令があればすぐにでも、僕が先頭となって魔族どもを殲滅してごらんにいれますが」

「……殲滅？」

「ええ。街の者達への処罰は一旦置くとしても、彼奴等は捨て置けません。一刻も早く対応する必要があるかと」

それは、そうだろう。魔族達を野放しにしておいていい理由など、一つもない。

事が発覚した以上、国政を預かる身としては、民の為にも即座に動くべきだ。

——だが。

「勇者フィードよ。お主は、決して領土が広いとは言えぬ我がフィクシスが、大国に対して拮抗できている理由を知っているか」

「……良質な武器、防具です」

「そう。我が国が流通させている武具はいずれも高品質。いや……そのような言葉では最早、表せまい。時代の一歩も二歩も先を行く、全くの別物といっても過言ではないだろう」

「仰る通りです。僕自身の槍や鎧もこの国で生み出されたもの。全てにおいて超越していると言わざるを得ません」

何せ、同じ長剣同士をぶつけ合った際、フィクシス製のものが別国製を使う相手のそれを、小枝のようにいとも容易く、叩き折ってしまうほどなのである。防具もまた偉丈夫が頭上から全身全霊をかけて振り下ろした斧を受けて尚、わずかな傷しかつかない程だった。フィクシスの武具に比類なし。広く世界に謳われた文句は決して誇張ではなかった。兵団同士がぶつかり合った際、装備にフィクシス製を使っているか否かで勝敗が決定する、とさえ言われている。

「うむ。してその武具は特殊な鉱石を使っているとのことだったが、件の魔族以外に造り出せるのか？」

「……いえ。町長を尋問したところ、彼奴等の技術無しでは実現し得ないとのことです」

「で、あれば、だ。島の魔族どもを滅ぼしては、武具が二度と生み出せず、ひいては国益にかかわる。そうだな？」

「それは……仰せの通りに御座います。では、このまま放っておくと？」

「そうも言っておらぬ。魔族の技術をなくすには惜しい。しかし、彼奴等については、殊更に尊重する必要はない、ということだ」

フィードが、逡巡を挟むような、わずかな沈黙を置いた。

だが、彼はやがて、ゆっくりと顔を上げる。

「左様に御座いますか。察しが悪く申し訳ありません」

全てを理解したような、晴れやかな笑みを浮かべながら、

「言われてみればその通り。存在してさえいればそれで良い、と。そういうことですね」

王もまた、腹の底からこみ上げる嗜虐の感情ままに、口元を歪める。

「そうだ。ラシカートの連中は揃いも揃って間が抜けておる。魔族どもを利用するのに、なにも彼奴等自身のことなど、考慮せずとも良かったのだ。交渉などせずとも、方法はいくらでもある。……お主に兵団を預ける。連れていくが良い」

「承知しました。全て、僕にお任せ下さい」

再び頭を深々と下げて、フィードは淡々と告げた。

「彼奴等がどうあろうとも——王の、心のままに」

第三章 —— 眠りの主は紺碧の底に

The demon lord tamer's strongest domination

港を出発して二日後。ルイン達はようやく、ルーナの住む島へと辿り着いた。

「ああ……地面が揺れないって素敵だね」

ふらふらと船から下りたリリスが、浜辺に跪いて、愛おしそうに砂場を撫でる。

「ふん。魔王ともあろう者が情けない」

後に続いたサシャが腕を組むのに、リリスは嘆息交じりに立ち上がった。

「神経が細やかなじゃない人間は人生が楽そうでいいね」

「なんじゃと⁉」

「はいはい。喧嘩しない」

ルインが宥めると、二人は互いに鼻を鳴らしてそっぽを向く。

「ルーナ。仲間はどこに住んでるんだ？」

「はい。あそこに森がありますよね」

ルーナが指差した方向には、なるほど、確かに森林地帯が広がっている。

上陸前、船から見た限りでは、島の半分以上は木々に占められているようだ。

「あそこの奥の方に集落があるんです。今からご案内します」

言って歩き出したルーナに、ルイン達はついていく。

だが、幾らも行かない内に、森からぞろぞろと大勢が姿を見せた。

いずれも、頭に角が生えている者、背中から翼が生えている者、尻尾を伸ばしている者から、獣のような手足を持つ者まで外見は様々だ。魔族なのは間違いなかった。

「あ、皆さん！　ただいま帰りました！」

手を上げて駆け寄るルーナを、先頭に立つ男が手で制した。

他の皆と同じで、独特の意匠を施された衣服を身に纏っている。鍛え上げられた体と精悍な顔立ちは、どこか武人めいたものを思わせた。

腰の辺りからは、蜥蜴の尾を思わせるようなものが生えている。

「待て。ルーナ、後ろに居る連中はなんだ」

「あ……そうですね。ご紹介しなくては。男性の方がルインさん。女性お二人がサシャ様とリリス様です。こちらの方はオルクスさん。この島で一番の年長者で、ボクも小さな頃からお世話になってます」

ルインが頭を下げると、オルクスもまたそれに倣った。ルーナの言う通り、無条件で人間に敵意を持っているわけではないようだ。

「三人とも人間なのか？」

「いえ！　サシャ様とリリス様は魔族です」

ね、と振られてサシャ達は頷いた。リリスが瞬きすると、額から尖った角が生える。

「……確かに。もう一人の方は？」

「……リリスが証拠を見せたのじゃからいいじゃろう」

男が確認してくるのに対し、サシャは頬を染めながら、顔を背けた。

「ダメだ。魔族だというなら見せてもらおう」

「……。ああもう。これで良いか！」

苛立ち交じりに髪を掻き分けて、サシャは魔族達に頭を向けた。そこには見えないほど小さな角がある。

「うむ。確かに。だが……二人は、ということはもう一人の男は人間なのだな？」

「はい。ルインさんは人間です」

「だが、いつも来る街の連中とは違う。別の魔族が島に来るのも初めてだ。ルーナ、一体なにがあった？」

「あ、ええ。それなんですが――」

ルーナはオルクスに、自分が島から街に渡った後に起こった事を話した。

全てを語り終えると、魔族達の間にざわめきが広がっていく。

「我々が魔王様を封印から解こうとしているから、人間が討伐しにくる、だと？　馬鹿な。そんなことが出来るならとっくの昔にやっている」

「ええ。でも、魔物が海で暴れているせいか、街の皆さんはすっかり信じてしまって」

「だから人間と取引するなんて不安だったのよ。あいつら、心の底ではあたし達のことなんて信用してなかったんだわ」

「その通りだ。いつかこうなるんじゃないかってオレも思っていたぞ！」

集団の中から上がった声へ、オルクスが冷静に答える。

「落ちつけ。人間達と取引を始めたのは昔の話だ。これまで何もなかっただろう」

「でも、ちょっと変なことが起これればこの有様だ。元々、あいつらは自分の為に私達を利用しているだけだったんだ。だから都合が悪いとなると、簡単に裏切るんだ」

「それは俺達も同じだろう。元々は相互利益の為に始めたことだったんだ。今の問題は人間達を責めることじゃない。現状をどう解決するか、そうではないか？」

オルクスの言葉は尤もだった。魔族達も納得したのか、次第に黙り始める。

「オルクスさん、ルインさん達は、まさにその問題を解決する為に島に来てくれたんです」

ルーナが満を持してとばかりに告げると、オルクスは眉を顰めた。

「……その人間が？　どういうことだ？」

「サシャ様とリリス様はかつて封印されていた魔王様。そして、ルインさんはその魔王様を封印から解くことの出来る、魔王使いのジョブを持っているんです！」

不意の静寂が訪れた。

波音だけが聞こえる中、しばらくして、皆を代表するようにオルクスが口を開く。

「ルーナ……なにを言っているのだ？　魔王使い？　そんな者がいるわけないだろう」

「いえ、本当なんです、オルクスさん！　ルインさんが命令すると、サシャ様はそれに無条件で従っていました。ルインさんから聞いていた魔王使いのスキルそのものです」

「……馬鹿な。それにそこの二人が過去の魔王様であると？　ありえることではない」

混乱しているのはオルクスだけではない。他の魔族達も一様に、不審さを露にしていた。

「信じる、信じないはこの際、後にしませんか」

そこで、ルインはオルクス達に対して口を開く。

「重要なのは、オレが皆さんを助けに来た、ということです。オレはこの島の真下に封印されている魔王――【支海の魔王】の封印を解くことが出来ます。今、魔物が暴れているのは魔王の封印が弱まっている影響。そうなんですよね」

「あ、ああ。魔王様の権能を考えると、恐らくはそうだと思うが……」

「なら、魔王を解放して命令してもらえば魔物の暴走も治まる。少し時間を置く必要はありますが、海が安全になれば港町の人達が抱いていた誤解も解けるのではないでしょうか」

「……お前の言うことが本当なら、そうかもしれない。だがその為にはお前を魔王様の許まで案内しなければならないんじゃないか？」

「ええ。封印を解く為には、魔王を閉じ込めている結晶に触れる必要がありますから」

　オルクスはそこで、はっきりと顔を顰めた。

「それは出来ない。魔王様の居城は、我らですら余程のことがなければ不可侵としている。まして素性の知れない者を魔王様の許にお連れすれば、何があるか分からない」

「そ、そうだ、そうだ。あんた、都合の良いことを言っているが、街の人間に頼まれて魔王様に何かしようってんじゃないのか？」

「あたし達を裏切った人間のやることなんて、信じられるわけがないわよ」

　口々に言って、疑惑の眼差しを送ってくる魔族達。

「皆さん！　ルインさんはそのような方ではありません！　ボクが保証しますから！」

　ルーナが宥めようとするが、全く収まりがつかないようだった。それどころか、

「ルーナ、お前、そこの人間に騙されているんじゃないのか」

「そうよ。あなた純粋だから、いいように操られてるのよ」

彼らは、ルーナの方を心配する有様だ。

「で、でも、ルインさんはサシャ様とリリス様、魔王様二人と絆を結ばれていますし、魔族に対して敵意を持っているわけでは……」

「それも本当かどうか分からない。仮に魔王使いが本当だとしてだ。魔王様を使役することが出来るんだろう。ならば、そこの二人も人間に無理やり従わされている可能性がある」

オルクスの指摘に、ルーナは返す言葉を失った。幾ら口で言ったところで、それを覆すだけの根拠には乏しいと思ったのだろう。

「そ、そうだ、そうだ！　そんな危険な奴をおれ達の魔王様のところへ連れて行けるか！」

「帰れよ、人間！」

「今すぐ帰らないと痛い目を見ることになるぞ!?」

今にも襲い掛かって来そうなほど殺気だっている魔族達を前に、サシャがため息をつく。

「……ま、無理もあるまい。こやつらは人間に裏切られた直後なのじゃからな」

「信じろ、という方が無理なのかもね」

リリスが、どうする、とばかりにルインの方を見てきた。

だが――ルインとしては、この反応は予想していたことだ。彼らを納得させるだけの術も用意している。

「分かりました。ではオレが魔族に対して敵意を持っていないということを証明します」

オルクスが「なに？」と怪訝な顔をするのに、ルインは尋ねた。

「ルーナに聞きましたが、この島では生産した武器や防具等を人間に渡す代わり、物資を受けとっていたそうですね。でも、この騒動によってそれが途切れてしまった。備蓄していた分も残り少ない」

「あ、ああ。そうだが。それがどうかしたのか」

「オレがなんとかします」

ルインは振り向くと、何も無い場所に向けて手を翳した。

「スキル発動。【破界顕現】」

轟音が鳴り響き、虚空に大量の炎が爆ぜる。それは間もなく二つの門柱を造り出し、中央に空間を歪ませる渦を生んだ。

「な……なんだこれは!?」

「魔王使いが持つスキルの一つです。この場所とサシャ――【死の魔王】と呼ばれた彼女の住む城を繋げることが出来ます」

「はー……そんなものが。さすがルインさんです！」

オルクス達が驚き、ルーナが感動している間に、ルインは門に近付いて中へと入った。

間もなく目の前に広がる、それまでとは全く別の光景を前に、声を張り上げる。

「キバ！　居るか！」

やがて門が開き、キバが出てきた。魔族の子ども達も一緒だ。彼らは「ルインだー！」とはしゃぎながら駆け寄って来る。

しかもその後ろからは、人間の少女が現れた。見覚えのある姿にルインは声を上げる。

「あれ、アンネ様じゃないですか」

ウルグの街の領主レーガン、その娘だ。キバと仲間になる際、知り合った人物だった。

「お久しぶりね。今ちょうど、キバ様のところへ遊びに来ていたの。ちょくちょくとお邪魔させてもらっているわ」

「そうでしたか……以前と同じく親しくされているようで、何よりです」

彼女もまた、人間でありながら魔族のキバと友好関係を結んでいる者の一人だ。こうしてごく自然に共に在るのを見ると、ルインは我がことのように嬉しくなってくる。

「ルイン、また帰って来たのか。どうした」

「ああ。そうだ。ちょっと来てくれ。君のいう人材が確保できそうだ」

ルインが子ども達の相手をしながら言うと、キバは頷く。

「ルインと行ってくる。アンネ、子ども達のことを頼む」

「ええ。任せておいて」

アンネの微笑みを背に——キバは、ルインと共に門を潜った。

帰って来たルインを、オルクス達は目を白黒とさせながら出迎える。

無理もない。訳の分からないものを出現させた奴が突然に消えて、また現れたのだから。

「彼はキバ。オレの仲間の魔族だ。今、サシャの城で他の魔族と一緒に暮らしている」

「……ど、どういうことだ？」

当惑している様子のオルクス達にルインは自らの抱えた事情を語った。

「オレはとあることをきっかけに、人間と魔族の融和を目指して旅をしています。その為に全ての魔王を封印から解いて仲間にしようとしていますが、その一方で、魔族と人間が共に住む国を作ろうとしているんです。キバ達はその第一号ですね」

「人間と魔族の融和、だと⁉　本気か⁉」

「それが本気なんだよな、この小僧は。おれも面食らっちまった一人だが」

キバが呵々大笑するのに、オルクスは他の魔族達と顔を見合わせる。

「……だ、だが、確かにお前は魔族だ。人間と共に暮らすことを良しとしているのか」

やがて困惑と共に投げかけられた問いに、キバは鷹揚に頷いた。

「無謀な賭けとも思えるが、ルインならやり遂げられる気がしてな。おれも協力することにしたってわけだ」

「……信じているのか、人間を」

「全てじゃないがな。少なくともルインに対しておれは、全く疑っちゃいない」

直に魔族からそう断言されたことで、オルクス達の反応は明らかに変わる。やはり説得力が段違いだったのだろう。

「ちなみに魔王使いのスキルは、魔王以外に効果を発揮せんぞ。その気になればキバは、今ここでルインの喉元を掻っ捌くこともできる」

サシャが言うとキバはにやりと笑い、手を振った。その五本の指先から鋭い刃が生える。彼の権能【切り裂く者】の顕現だ。

「その通り。――試してみるか⁉」

振り向き様、キバはルインの喉元に刃を向けた。

「キバ、やめろ！」

ルインが命じるも止まらず、その切っ先は喉を突こうとし――直前で、停止した。

「な。命令は聞かないだろ」

キバは刃を引っ込めると、権能の発動を停止した。彼の得物は音もなく縮んでいく。

「……なぜ今の攻撃を、避けなかった？　本当に突かれるとは思わなかったのか？」

オルクスが喉を鳴らすのに、ルインはキバを見ながら首を横に振った。

「彼がオレを攻撃するはずがありません」

その確固とした口調に、オルクスは改めて息をつく。

「……信頼し合っているというのは本当のようだ。物資の問題を解決するというのは？」

「ああ。簡単です。キバ、サシャの城に備蓄している食料等は潤沢か？」

「ん？　ああ。まだ余裕はあるぜ」

「だったら、ここの人達に融通してあげてくれないか。困っているみたいなんだ」

キバは、オルクス達を見た。顎に手を当て、何かを考えている様子だったが、

「……まあ、いい。おれもルインに助けられた身だ。それくらいのことはする」

魔族達は、思わず、といったように感嘆の声を上げる。

「ただ、その代わりと言ってはなんですが、オルクスさん、キバ達に武器や防具を提供してあげてくれませんか。場合によっては城の修繕なども請け負って欲しいんですが」

「……俺達と取引しようというのか？　港町の連中のように」

「ええ。そうすればあなた達も、ただ恵んでもらっているだけではないと、負い目を感じることはなくなるはずです。キバ、彼らの物作りに関しての技術は一級品だ。安心してい

いと思う」

ルインの言葉にキバは「へぇ」と歯を見せた。

「なるほど。物資を提供する代わりに人材を確保するってわけか。悪くねぇ。オルクスだったたか。どうする。このまま餓死を待つか、ルインの提案に乗るか」

オルクスは、瞼を閉じ、物言わずしてその場に立ち尽くした。

深く、迷うような時が流れる。

「……ま、そう簡単には決断できねえわな」

が、やがてキバが気持ちを見抜いたように言うと、彼は目を開けて頷いた。

「すまない。お前の意見も尤もだ。だが……いずれにしろ、知り合ったばかりの者をすぐに信用するというのは難しい」

オルクスだけでなく、後ろに居る者達もまた彼に同意するように、未だ警戒を孕んだ視線を送って来ていた。

「だとよ。どうする？　ルイン」

「……そうだな。分かりました。では、こうしませんか。すぐに信じることが出来ないというのなら、今日一日、オレ達がどんな奴か確かめてください」

「……どういうことだ？」

「単純なことです。サシャの城に行って、宴会でもすればいい。色々と話をすれば、そっちもある程度の判断がつくでしょう？」

「しかしルイン。そのような時間があるのか？」

サシャの確認に、ルインは首肯した。

「どのみち、王から派遣される勇者や兵団が島に到着するにはまだ少しかかるはずだ。それくらいは大丈夫さ。……どうですか？」

オルクスはやや、面食らったような顔をしていた。そんな提案をされるとは思っていなかったのだろう。彼は、後ろに居る仲間達を一旦見た後で、再びルインの方を向いた。

そうして、こう告げる。

「……分かった」

「オ、オルクス！　本当にいいのか？」

「また何か問題が起こるんじゃ……」

仲間達が不安にくれた顔で詰め寄るも、彼は動じずに返す。

「まだ手を結ぶと決めたわけじゃない。だが我らを助けに来たという者を無下に追い返すこともしたくはない。確かめてくれ、というのであれば、そうした上で答えを出せばいいだけの話だ。違うか？」

その言葉に、他の魔族達もまた、しばらくすると受け入れ始めた。

「まあ……オルクスが言うなら」

「そうね。やってもいいわ」

ようやく態度が軟化した彼らに、ルインは胸を撫で下ろし、朗らかに笑いかける。

「ありがとうございます。じゃあ——今日は、楽しくやりましょう」


夜も更けた頃。サシャの城が持つ広大な庭に、燃え盛る炎が灯された。

それを囲うのは、ルインや魔王達、それにキバとその仲間である魔族と、オルクスを始めとする島の民だ。各々はそこかしこに散らばり、振る舞われた酒を呑み、有志の手で調理された食料を肴に盛り上がっていた。

昼間はアンネも居たが、あまり時間が遅くなると父親が心配するとして、名残惜しそうにしながらも帰って行った。

一方、破界の門を恐る恐る通った島の民は、まだ不安もあったのだろう。宴会が始まったばかりの頃こそ、遠慮がちだった。

しかしやがて酔いが進むにつれ、同種族であるキバ達とは打ち解け始める。

「フハハハハハハハ！　どうじゃ、支海の魔王の配下どもよ！　威厳に溢れたわらわの城には圧倒されたじゃろう！　お主らの魔王がもつものよりも立派ではないか⁉」

　高々と盃を掲げながらサシャが声を張ると、島の民達から反論が上がる。

「なにを！　ここもかなりのものだが、我が魔王様の城こそ至高だぞ！　決して負けてはいない。いや、むしろ、勝っている！」

「そうよ、そうよ！　我が魔王様の城はそれはもう、陶酔するほどの幻想に満ちているわ！」

「む！　ならば実際に目にして確かめてやろうではないか！　わらわを連れてゆけい！」

「ダメだダメだ！　我が魔王様の城には我らとて長く足を踏み入れてはいないのだ！」

「あなたがたとえ本当に魔王様だったとしても、許されるはずがないわ！」

「じゃからわらわは本当に魔王だと言っておるじゃろうがー！　のー、失礼だと思わぬか、リリスよ！」

　サシャが隣で冷めた目をしたまま肉を齧っていたリリスの肩に手を回すと、彼女は半眼になったままで低い声を出した。

「絡まないで。酔っ払い」

「なんじゃー！　相変わらずお主はそっけないのう。それも演技か。演技なのか⁉」

「うるさいな。余計なこと言わないで」

「つれないことを言うでない！　おい、お主ら、よく聞けよ。このリリスという女はこのように沈着冷静ぶっておるが、実は――」

「だから言わない！」

飛びかかるリリスに口をふさがれ、それでも、もがもがと形にならないことを言い続けるサシャを見て、他の魔族達は爆笑した。

「サシャ様、リリス様についてもっと教えて下さい！　お強いお二人についても色々と参考にしたいんです！」

そこにルーナまで参戦してきた為、場は混沌とした様を呈してくる。が、その後も侃々諤々と言い合いながらも、サシャを中心とした集団は大いに盛り上がりを見せた。

ルインはその光景を、離れたところから見守りつつ、麦酒を呑む。

「……お前は加わらないのか？」

不意に、横手から声がかけられた。振り向くと、オルクスが杯を手に立っている。

「ああ。オレのことは気にしないでいいですよ。サシャやキバ達はともかくとして、まだ人間に心を許すのは難しいでしょうし。こういうのは、焦って無理に介入しない方がいいと思うんです」

「……そうか」

少し、考えるような素振りを見せたものの——やがて、オルクスはルインの隣に腰かけた。

二人して特に会話をすることもなく、静かに杯を傾け続ける。

だが、やがて、ルインは口を開いた。

「そういえば。支海の魔王って、どういうヒトだったんですか？」

「なんだ、突然に」

「いえ。そういえば、権能等はルーナから聞きましたが、それ以外は知らないなと思いまして。単純な好奇心です」

「お前は人間だろう。魔族に興味があるのか」

「オレは人間じゃなくて、ルインってしがない冒険者だし、知りたいのは魔族じゃなくて支海の魔王と呼ばれたヒトですよ」

ルインの言葉に、一瞬、オルクスは虚を衝かれたような顔をした。

しかし、彼は急いでそれを誤魔化すように、咳払いをする。

「……俺も残された文献や、人から聞いたことでしかないが、それでもいいか」

「ええ。構いません」

オルクスは自身の考えを整理するように、両手を合わせて黙り込む。

そうして間もなく、彼は再び話し始めた。

「随分と昔の話だ。この島は今よりもっと大きかったそうだ」

「へえ。海流によって削られたとか、そういうことですか」

「いや——大半が沈んでしまったのだ。勇者に攻め入られた際にな。まあ、細かい話はいい。とにかく……その巨大な島を、魔王様はその手に治めていた。海の水やそこに生きる者を操るという権能の効果故、そういった場所を統治の中心に据えた方が都合良かったのだろう」

　確かに、そちらの方が、いざ攻められた際には存分に力を発揮できる。

　ルインが「なるほど」とだけ呟くと、オルクスはわずかな笑みを浮かべた。

「島を拠点にし、魔王様は大勢の部下を連れ、他の土地を次々と攻略していった。人間どもの領域は瞬く間に占拠され、奴らは辺境へと追いやられていったとのことだ」

「凄い力の持ち主だったんですね」

「ああ。だがそれだけではなく、部下に対しての愛情もひと際深かったそうだ。自らを慕う者を決して見捨てない。そういった気概の持ち主であったと聞いている」

「だからこそ、オルクスさん達は今になって尚、主の為に島で暮らしているんですね」

「ああ。俺達にとっては、魔王様と、魔王様の治めていたこの土地が何よりも重要なのだ。

故にそれを守ることが出来るのであれば、たとえ人間であっても交渉することを厭わない。……ただこうして敵になってしまった以上は、仮にそちらと取引をするとしても、他の者達は、ルイン、お前にだけは簡単に心を許さないだろう。そこのところを、どう考えているのだ？」

最後に問われてルインは、無言で杯を傾ける。

麦酒の苦みとのど越しを感じながら息をつき、それから答えた。

「いいんですよ。許さなくても」

「……なに？」

「単にオレに利用価値があると思って提案に乗ってくれれば、それでいい。オレは、あなた達を助けたいだけなんですから」

「その為には己が疎まれ、嫌われていてもいいというのか」

「ええ。まあ、本音を言えば仲良くしたいですけどね。ただ――信じる、信じないって理屈じゃないですから」

どう言葉で取り繕ったところで、他人の心中を完全に知ることは出来ない。

ましてルインは長い間敵対してきた異種族だ。直近で手痛い裏切りもあった。それを踏まえて尚、すぐにでも受け入れてくれというのは虫の良過ぎる話だった。

「……オレもね、少し前に信頼していた幼馴染に、パーティを追放されたんですよ」

クレス。勇者と呼ばれ、強い力を持っていた男だった。彼と共に戦えば、打倒魔王も夢ではない。そう本気で思っていた。今ではもう——過去の話だが。

「当初は落ち込んだし、腹も立ちました。ですけど、いまだに心底から嫌いになれないんですよ。少なくとも、小さい頃のあいつと過ごした思い出は嘘じゃないと思えてしまって」

「……そうだな。分かる気はする。魔族にしろ人間にしろ、繋がりとはそういうものだ」

「ええ。だから、信じさせるっていうのは、信じさせないようにするっていうのと同じくらい難しいことだと思うんです。きっと心に根付いた厄介で、梃子でも動かない何かが、それには影響している。だから……」

ルインはそこで、ゆっくりと笑みを浮かべた。オルクスに罪悪感を抱かせないように。

「今は、それでいいんです。時間をかけて、皆が少しずつでもオレを認めてくれるように努めます」

「……。変わった人間だな、お前は。魔王様を使役する力があるというのなら、それを用いて我らを無理やりに退け、脅し、支海の魔王様のところへ案内させればいいだろう。お前自身の目的を果たすだけならそれで十分だ。何もこんな回りくどい苦労をせずとも」

「やりたくないんです。そういう方法」

はっきりと断言し、ルインは続けた。

「人間に対してなら、魔族にだって同じことです。双方が納得するやり方で事を進めることが出来るなら、この程度は苦労でもなんでもありませんよ」

「忠告しておくが、お前のそういった考えはこの先、無用な試練を生むやもしれんぞ。どちらにも加担するというやり方は、下手をすれば双方から恨みを買う可能性もある。片方に肩入れしたほうが楽だとは思うが」

「ええ、その通りですね。オレもそう思います」

たとえばある程度の数による集団が二つ生まれた時、どちらかに属した方が味方は多くなる。ヒトは、共通の敵を持ってこそ結束する生き物でもあるからだ。故にそれらを融合しようとする者は、どちらからも不要のものとされる場合があった。

「ですが――気付いてしまった以上、目は逸らせません。人間も魔族も、どちらも同じであるというのなら。いがみ合うのは悲しいことです。オレの力でそれをなくせるのであれば、何があってもやるだけです」

頑なな意志をもってルインがそう言うと、オルクスは何かを見定めるようにして、その両眼を細めた。

「………………。分かった」

やがて、長い沈黙の後。彼はおもむろに立ち上がると、ルインの肩に手を置いた。

「ついてこい」

端的にそれだけ言って歩き出す。

ルインは不思議に思いながらも、素直についていった。

オルクスは騒ぎ立てるサシャ達のところへ行くと、足を止める。

そうして、低い声を発した。

「――聞け」

彼の姿を確認した魔族達は、その厳然とした雰囲気に当てられたかのように静まり返る。

「先に起こった事が事だ。お前達が人間に猜疑心を抱くのは、仕方ない」

何を言わんとしているのか。戸惑うようにして魔族達は顔を見合わせる。

サシャやリリスだけが、泰然と構えて事の成り行きを見守っていた。

「だが、どうやらこのルインという男は別のようだ。他の奴等のように自らの保身の為、小狡く立ち回るような奴ではない。それどころか――大層な馬鹿だ」

あまりの物言いに、魔族達がざわめき始めた。

「オ、オルクスさん、ひどいです！　ルインさんは本当にボク達を助けようとして！」

抗議しようとしたルーナを、オルクスは手で制する。

「そうだ。こいつは先ほど、俺にこう言った。自分は損をしてもいいから、俺達を助けさせてくれと。それを馬鹿と言わずしてなんと言う？」

魔族達を見回した後、彼は真剣な顔をしたまま、確固とした口調で、

「だがそんな馬鹿なことを堂々と言うこの男を――俺は、信じたいと思った」

ルインは驚いて、思わずオルクスを見た。彼はルインと視線を合わせ、親愛を示すように口端を上げる。

「いいか。大きくを見るな。小さきに注視しろ。ルインはルインだ。それ以上でもそれ以下でもない。不満があっても、不服であっても仕方ない。だが――」

仲間達に向けて、オルクスはこの上なく、力強く言った。

「せめて今宵だけは、仲間に入れてやれ」

その後、彼はルインの背中を強く押してくる。

たたらを踏んで前に出ると、魔族達の視線が一斉に集まった。

「ああ……えっと」

どうしたものか。困惑しているルインに対し、やがて、誰かが声を上げる。

「……仕方ねえ。オルクスが言うなら、そうしてやるか」

一人が言うと、他の者達も少しずつ、追随を始めた。

「そうね。さっきから独りぼっちでちょっと可哀想だったし」

「人間。いや、ルインか。魔王様を解放するために旅をしているんだったな。ちょっと話でも聞かせてくれねえか」

「ああ。ここに座れよ！」

大勢から促されて、ルインは「あ、ありがとう」と言いながらも、空いた場所に座った。

「ルインさん！　呑んで下さい！」

すかさずルーナがやって来て、嬉しそうに酒を差し出してくる。

「よぉし。ルインも参加したことじゃし、わらわとこやつの武勇伝を余さず語ってくれるわ。遠き者は音に聞け、近き者は刮目せよ！　今夜は寝かさんぞ――ッ！」

サシャが高らかに告げると、魔族達もまた歓声を上げる。

「……へっ。オルクスだったな。お前もたらしこまれたか、こいつに」

隣に居たキバが言うのに、ルインの傍に立ったオルクスは無言で目を細める。

「とんでもねえ力を持っている癖にまるでそう感じさせねえ。かと思えば寝言みたいなことを本気で語る。読めねえ奴だよ」

「ああ。だが、読めないが故に……賭けたくもなってくる」

オルクスが返すと、キバは「ちげぇねぇ」と豪快に笑い飛ばした。

「一応、褒められてるってことでいいんだよな？」

ルインがなんともいえない気持ちを抱いていると、キバから胸を叩かれた。

「どうとでも受け取っておけ。それより呑めよ。せっかくの宴だ！」

「……分かったよ」

苦笑しつつもルインは、杯の中身を一気に飲み干す。

そうして、夜が更けるまで――饗宴は続いたのだった。


「……受ける？　いいんですか？」

次の日。破界の門を通り、島へと戻って来たオルクス達から告げられた言葉に、ルインは目を瞬かせた。

「ああ。昨日一晩、考えた結果、全員の同意を得た。ルイン、お前の提案を受けよう。魔王様の許へと案内する」

オルクスだけではない。他の魔族達からも、反対の声は上がらなかった。

「昨夜の宴会で話して、なんだ。少なくともあんた自身は悪い奴じゃないって分かった」

「ええ。魔族と人間の融和を目指すっていうのも本気みたいだし……サシャやリリスとの間に絆があるのも本当みたいね」

「だったら、魔王様を解放してくれるって話に乗ってもいいかもしれない。そう思ったってわけだ」

口々に紡ぐ彼らの言葉に、ルインは深く感じ入り、頭を下げる。

「ありがとうございます。――感謝します」

「やめよ。いずれにしろ我らはそうしなければ終わりなのだ。お前が礼を言う道理はない。面倒をかけて悪かった」

オルクスもまた頭を垂れると、他の者達も倣った。

ルインはサシャ達と視線を交わし、第一目的達成の意味を込めて、笑みを零し合う。

「……話はまとまったみてぇだな。なら事が落ち着いたらいつでも来い。おれは準備して待ってるぜ」

後ろで一連の事態を見守っていたキバは踵を返し、手を振りながら門を通り、サシャの城へと帰って行った。

「ルインさん、一晩で皆の心を掴んでしまうなんて！　ボク、感動ですっ!!」

ルーナが拳を握りしめながら叫ぶのに、リリスが冷静な声で言った。

「熱くなってるとこ悪いけど。魔王の所に行くなら早い方がいいんじゃない。予想外に時間が経ったし、ぼーっとしてると勇者達が来るよ」

「はっ！　そ、そうでした！　オルクスさん、ルインさんを早く、魔王様のところへ！」

急かすルーナに「分かった」と返しながら、オルクスは改めてルインと向き直る。

「ルイン、ルーナを案内役につけよう。魔王様の許へ向かってくれ」

「ええ、分かりました」

「……もし本当にお前が魔王様を解放してくれるのであれば。その時こそ、我らはルイン、人間であるお前に深い感謝をささげ、真に強い信頼を結ぶだろう。頼んだぞ」

オルクス達から真っ直ぐと向けられる眼差しを、ルインは正面から受け止める。

「よし！　では、ボクが魔王様のところへ案内します！　ついてきて下さい、ルインさん！」

張り切って胸を張るルーナが、飛び跳ねるようにして率先し、浜辺を歩き始めた。

だが――その時。

「ルイン、大きな船がこっちに来る」

リリスの報告にルインは振り返る。彼女の言う通り、遠目ではあるが、帆を張った船が一隻、近付いてきていた。ルーナが持っていたものより二回りほど大きい。

「乗ってるのは十五？　全員、武装してる。先頭に立っているのは港町で見た勇者だね」

リリスの瞳が黄金色に変化していた。権能によって強化された視力で、遠方の景色を詳細に捉えているらしい。

「魔族討伐の先遣隊か……」

国の兵団が到着するまで、魔族達が逃げ出さないように牽制しようという腹だろう。

「そんな！　これから魔王様を封印から解こうとしているのに！」

ルーナが悲痛な声を上げるのに、リリスが言った。

「ルイン、サシャと一緒に支海の魔王のところに行って。私はここで勇者達の動向を見ている。何かあったら止めるから」

「……大丈夫か？」

「誰に物言ってるの。私は【獣の魔王】だよ」

淡々と、しかし自信に溢れた口調で断言するリリスに、

「ごめん。愚問だったな」

ルインは素直に謝って、ルーナに告げた。

「行こう、ルーナ。オレ達を、魔王の許まで連れていってくれ！」

ルーナは一瞬、リリスの方を見たが――やがては強い意志を窺わせる顔で、頷いた。

「分かりました。ついてきて下さい！」

森を抜け、しばらく進むと、ルーナは立ち止まった。

彼女が「ここです」と指差したところは、一見するとただの蔦が絡まった岩に見える。

だが彼女が手で蔦を強引に引き千切ると、頑丈な鉄製の扉が現れた。

「ふんっ……ぐぐぐぐぐ……」

ルーナが扉に手をかけると、経年劣化の為か錆びつきかけたそれは激しい抵抗を示したものの、しばらくすると鈍い音を立てながら、左右に開かれた。濃い闇が覗く。

「よし。浜辺が厄介なことにならない内に、向かおうではないか」

サシャは外套を手で払うと、先頭に立って、闇の中へと足を踏み入れた。

ルインが続くと、すぐ下に長い階段が続いている。

「待って下さい。明かりをつけます」

ルーナが言って、何かをぶつけるような音がした後、ほのかな光が灯った。

火打ち石によって、ランタンの内部に炎が宿る。

ここへ来る途中、魔族達の集落に寄って、ルーナが拾ってきたものだ。

最低限ながらも足元が照らされる中、ルイン達は、階段を下りていった。

闇深き中、感覚がおかしくなりそうになったが、やがては足先が平たい床を捉える。

先頭のルーナがランタンを掲げると、ぼやりとした明かりの中、左右を壁に阻まれた真っ直ぐな道が延びていた。ただ少し先が左に折れている。

「この魔王城に続く地下道は、複雑な迷路のようになっています。地図があるので行程は分かりますが……気を付けて頂きたいことが」

「罠があるね」

膝をつき、床を見ていたルインが言うと、ルーナが目を丸くした。

「そ、そうです。今、それを言おうとしました。どうして分かったんですか？」

「立っている時に、もしかして、と思ったから調べてみたんだ。床と壁にわずかな出っ張りがある。どちらも押せば罠が発動する仕掛けだと思う」

「……ど、どこにですか？」

ルーナが目を細めつつ、見当もつかないというような声で言った。

「あそことあそこ。それにあっちとこっち。察するところ、床の方は穴が開いて棘が飛び出るもの、壁の方は埋め込まれた矢が射出されるのと、火打ち石が自動的にぶつかって、あらかじめ溜めた油に点火し、炎が放射されるもの、かな」

「罠の内容まで!?　どうして分かるんですか!?」

驚愕を通り越して戦慄さえ抱いているような顔で、ルーナが訊いてくる。

「出っ張りの周囲に見え難いけど、微かな切れ込みがある。その大きさと、過去に見た罠の種類から検討した結果だよ。炎の方は小さな穴も開いてるしね」

「け、慧眼！　ルインさん……あなたはどこまでボクの憧れを体現するんですか⁉」

「経験があれば大したことでもないよ。というか君、そんな難しい単語を良く知ってるな」

ルインからすれば、そちらの方が興味深かった。

「あ、本はよく読むので……えへへ」

照れくさそうに頰を掻くルーナに、サシャが「水を差すようじゃが」と口を挟んだ。

「いつまでも感心しておらんで、先に進んだ方が良いのではないか」

「あ、そ、そうですね。……サシャ様はルインさんにびっくりされないんですね」

「今更というかなんというか。お主も、これまで何度もルインの人外じみた行動は見て来たであろう。わらわはその何倍も経験済みじゃ。最早、この程度では感心こそすれ、改めて反応する気も起きぬな」

悟ったような顔で言うサシャに、ルーナは「はー」と感心したように零した。

「お二人に比べれば、ボクはまだまだですね……」

「そこは自分を省みるところでもない気がするけど……ともあれ行こう」

それからは、ルーナが先導しつつ、罠があればルインが指摘するといった構図で進んでいった。おかげで迷うことも、仕掛けに惑わされることもなく、どんどんと目的地へと近付いて行く。

「ふん。中々に複雑な構造をしておるが、所詮（しょせん）はわらわ達に通じるものではないな」

サシャが勝ち誇（ほこ）ったように、胸を反らした。

「君は何もしてないような気が」

「出来る者が出来ることをするのが肝要（かんよう）なのじゃ。出来ない者が出来もしないことをしても、何にもならぬ。無能こそが過ぎた真似（まね）をして失敗をする。真に出来る者は己を弁（わきま）え、控（ひか）えるべき時は大人しく控えておくものなのじゃ。つまりわらわは、何もしないということをしている、そういうことじゃな！」

「な、なるほど！　深い！」

「いや、言ってることは正しいけど、ただの詭弁（きべん）だから」

騙（だま）されてはいけない、と感動しているルーナにルインは注意した。

「まあ、わらわとて魔王としての知見を持つ者。ルイン程（ほど）ではないが罠の位置くらいは見抜けておる。しかし、相棒の活躍（かつやく）の場を奪（うば）ってはならぬと、遠慮をしておるわけじゃな」

「そういうことでしたか。サシャ様は、奥（おく）ゆかしい方なのですね！」

「フハハハ。いやそのようなものではないが、フハハハハハ。やはりルーナは愛（う）いヤツよ！」

高笑いを上げるサシャは、壁に強く手をついた。

「ほれ見よ。だからしてこのように、躊躇いなく壁に触れることさえ出来るのじゃ！」

「ああ！　そのようなこと、ボクにはとても出来ません！」

「うむ、そうじゃろう、そうじゃろう！」

「いやサシャ。そこ」

「む、なんじゃ、ルイン!?　罠はないじゃろう！」

「確かに出っ張りはないんだけど」

ルインは、迷った結果、正直に告げた。

「近くに振動へ反応して仕掛けの動く罠があるぞ」

「…………。マジ？」

「まじ」

ルインが深々と頷いた直後。通路の奥の方から、震えるような音が響いてきた。

「な、なにか!?　なにか大きなものが近付いてきていませんか!?」

「馬鹿な!?　なんじゃその、分かりにくい罠は!?　ひ、卑怯じゃぞ！」

「罠の位置を見抜ける奴に向けたものなんだろうな。いや良く出来てるよ、この迷宮」

「呑気に評価しておる場合か――――ッ！」

やがて、闇の衣を剥ぐようにして【それ】は現れた。

通路をただひたむきに走り、一心不乱にルイン達を目指して転がってくる。

——とてつもなく巨大な岩が。

「ウワ——ッ！　いかん、下がれ、ルーナ。わらわが破壊する！」

素っ頓狂な声を上げたサシャが、ルーナの肩を掴んで自分の背後に回そうとする。

だが、それより早く、

「いえ！　ここはボクに任せて下さい！」

ルーナは力強く言って、前に出た。足を一歩踏み出すと、腰を捻り、拳を握りしめる。

まるで、大岩相手に素手で挑むかのようだ。

「ルーナ、何のつもりで——」

「待てルイン。忘れたか。あやつは魔族じゃ。それの意味するところが分かるな？」

止めようとしたルインの腕を掴み、サシャが言った。

「あ。……そういうことか」

ルインが納得している間に、ルーナの体に変化が起こった。

全身から激しい光が瞬き、それは彼女の体の、ある一点へと収束していく。右腕回りを覆い、やがて形を変え——現れたのは、鋼鉄で出来た巨大で武骨なガントレットだった。

「見ていて下さい！　これがボクの権能です！」

迫り来る巨岩に向けて、ルーナは叫んだ。

刹那、ガントレットの後方部から、大量の光が放出された。さながら流星の如き鮮やかさを持つそれは、ルーナ自身を爆発的な勢いを以て前進させる。

「はああああああああああああああああっ！」

暴風のように突貫したルーナは、巨岩の前で腕を振りかぶり、高々と吼え猛る。

「砕け――【力得る者】ッ！」

大人数人程度であれば易々と押し潰してしまいそうな相手に対し、ルーナの拳が真っ向から激突する。地下中に伝わるのではないかと思えるほどの轟音が鳴り、空間を震わせた。

直後、巨岩は文字通り、木端微塵に砕け散る。

瓦礫が周囲に飛び散り、壁にぶつかって床を転がった。

「――よし。完了です！　お二人とも、見てもらえましたか？」

ルーナは達成感に溢れた顔でガントレットを掲げ、ルイン達を見て来た。その顔は、さながら、芸をして褒めて欲しいとねだる子犬を思わせる。

「うん、良い権能だ。やるじゃないか、ルーナ」

「そうじゃな。中々の威力じゃった。わらわが現役であれば部下に迎えているところじゃ」

「本当ですか!?　ありがとうございます！　やったー！」

その場ではしゃぐようにぴょんぴょんと飛び跳ねた後、

「では行きましょう！　地下道を抜けるのはもうすぐです！」

ルーナは、踊るような足取りで先を進み始めた。

ルインは、サシャとなんとなく、顔を見合わせる。

「うーむ。ルイン、先程はすまなかった。油断しておったわ」

「いや、実際、あの罠は見抜くのが結構難しかったから。それに」

と、腕を振り振り、機嫌良く向かうルーナの背を見て笑みを浮かべた。

「ルーナが嬉しそうだから、いいんじゃないかな」

サシャもまた、同意するように口元を緩める。

ルーナの言う通り、地下道は間もなく終わった。

分厚い扉をこじ開けて、ルイン達はいよいよ、魔王城の領域へと入り込む。

だがその一歩目を踏み出したところで――ルインは思わず足を止めた。

「これは……」

目の前に広がっていた光景に、現状も忘れて見惚れてしまう。

端的に言えば、海の底だった。

一定範囲内は、長年放置された影響で草木が著しく成長していること以外、島の大地と変わらない。だがそれは、ある地点でぷっつりと途切(とぎ)れてしまい、そこから先は細かな砂と、海藻(かいそう)、巨大な貝等に支配されたものへと変わっている。

見上げればそこにあるのは深く暗い海と、悠々(ゆうゆう)と泳ぐ無数の魚達の群れ。

つまるところ、島の一部が丸ごと、海の底へ沈んでいるようなものだった。

「これは……実に雅(みやび)じゃな。ある種の芸術性すら漂(ただよ)わせておる」

サシャもまた、深く感動しているような声を上げる。

その幻想的(げんそうてき)な風景の中、奥に聳(そび)え立っているのは、巨大な城だ。

全体的に真っ白い石材で築き上げられ、所々に鮮やかな青があしらわれている。

サシャの居城と違(ちが)い、武骨さはそこになく。代わりに在るのは途方(とほう)もない美しさだった。

完全に背後の海とも調和しており、かつて地上にあったなどとは到底(とうてい)思えない雰囲気を醸(かも)し出している。

「サシャみたいに周囲を結界のようなもので覆っているのかな。そうじゃないと、こんなこと出来ない気がする」

「恐(おそ)らくはそうじゃろうな。わらわのそれは視覚を遮断(しゃだん)するものじゃったが、これは物理的に城の周辺のみを辺りから隔絶(かくぜつ)させているようじゃ」

どちらにしろ、人外じみた力だ。ルインは、改めて魔王の凄さを実感した。

「ふわー……ボクも実際に見たのは初めてです。これが支海の魔王様のお城ですか……」

ルーナはしばし呆気（あっけ）に取られている様子だったが、間もなく、自らの頬を叩く。

「と、いけない。いつまでものんびり眺（なが）めている暇（ひま）はありませんね。行きましょう」

「うん。そうだね。リリスなら心配はいらないと思うけど、早く戻るに越したことはない」

ルインも頷（うなず）き、魔王城へと向かった。

城の前にある長く、広い階段を上ると、巨大な門が出迎（でむか）える。

「サシャの時も思ったけど、どうしてこんな規模の門が必要なんだろうな。通るだけなら、普通（ふつう）の大きさでいいと思うけど」

「そんなもの決まっておろう」

何の問題があろうかというような口調で、サシャが言い放った。

「その方が——格好良いじゃろうが⁉」

「…………ええー」

万人（ばんにん）共通のように言われてもとルインが困っていると、サシャはにやりと笑う。

「冗談（じょうだん）じゃ。まあ、権威（けんい）の象徴（しょうちょう）のようなものじゃよ。為政者（いせいしゃ）は、自らが如何（いか）に偉大（いだい）なる存在であるかを民衆に示さなければならぬ。このように巨大なものを易々と造り出してしまうほどの存在である、となる。いわば神と同じに見せるわけじゃ」

「ああ……神様に戦いを挑む奴はいない。これを見た奴は、王の威光に恐れを抱いて反乱を起こそうとも思わなくなるってことか」

「そういうことじゃな。皆が皆、そうであるかどうかは分からぬが。少なくともわらわはそうしてきた。万が一に備え、無用の争いを避ける為にな」

「さすがサシャ様！　扉一つに対してそのような考え、ボクにはとても出来ません！」

無邪気に持ち上げるルーナに、サシャは露骨に相貌を崩した。

「ふ、ふふふ。フハハハハハ！　そうじゃろう、ルーナよ。お主は本当に良い子じゃ。良い子過ぎて持ち帰りたくなる。持ち帰っていい？」

「ダメだよ」

半ば本気の口調をしていた為、ルインは釘を刺し、城の扉に手をかけた。

力を込めると、鈍い音を立てて開いていく。

内部には、気が遠くなるほどの規模を持つ空間が広がっていた。

床は大理石。所々に青を基調に細かな刺繍の施された絨毯が敷かれている。

ただし。いずれも傷つき、破れ、かつては部屋に彩りを加えていたであろう調度品の数々も砕けて落ちていた。

加えて、そこかしこに折れた剣や、半壊した盾、兜なども転がっている。

「ふむ。ツワモノどもが夢の跡、といった体じゃな」

　辺りを観察しながら、サシャが感想を漏らした。

「勇者に踏み込まれた時のままになってるんだな。サシャの時と同じで、激しい戦いが繰り広げられたみたいだ」

　ルインもまた自身の主観を述べると、サシャが片眉を上げる。

「そうか？　わらわの城の方がもっとこう、荒れておらんかったか？」

「……そうだっけ？」

「うむ。なにせほら、あれじゃ。わらわは最古にして最強の魔王じゃからして。その戦いも歴代魔王の中でも最たるもの。血で血を洗う凄まじい有様であったのじゃ」

「そうだっけな……」

「凄まじい有様であったのじゃ！」

　圧をかけてきたので、そういうことにしておこう、とルインは引っ込むことにした。

「地下は……ないみたいだな。となると、上かな」

「うむ。わらわは謁見の間で暴れられるのを良しとせず、地下に誘い込んで戦ったが、この城の主はそうではなかったようじゃ」

「話に聞きましたが、支海の魔王様は前触れなく勇者達に踏み込まれたそうです。恐らくは、気配を消すスキルか何かを持っていたのではないかということですが」

「ああ。それで、謁見の間で対応するしかなかったってことかな」

ルーナの話に納得しつつ、ルイン達は緩やかな曲線を描く二つの階段の内、右を選んで上った。二階に着くと、広い廊下が更に奥へと向かっている。辺りに気配はなく、不気味なまでに静まり返っていた。

廊下の左右には幾つもの扉があったが、いずれの部屋も、魔王が座するにはいささか、見劣りする。恐らく目的の場所は最奥にあるのだろう。

やがて現れたのは、他よりも明らかに目立つ造りをした扉だった。

「ここかな……いくよ」

一応、二人に確認をとったルインは、サシャ達が頷くのを見て――重い扉を開く。

「ほう……これはまた」

サシャがわずかな息をついた。

予想通り、扉の先は謁見の間へと続いている。入り口以上に広い部屋の中、厚手の絨毯が敷かれた先に豪勢な玉座が設置されていた。腰を下ろす者のこだわりだろうか。各所に貝殻や珊瑚、真珠をあしらい、まるで美術品のような風格をもっていた。

だがそれより先に目を奪われるのは、周辺の様子だ。

屋根があるのは玉座の真上辺りだけで、後は天井がごっそりと抜けている。

周りには壁もなく、おかげで、城を囲う海が丸見えになっていた。

「綺麗……海に包まれているみたいですね」

ルーナの詩的な表現は、なるほど、的を射ている。

この城の主は自らの名に冠している通り、海を支配し、愛していたのかもしれなかった。

そうして——その、玉座のすぐ傍に。ルイン達が探していたものが、あった。

わずかに床から離れて浮かぶのは、淡い青を宿した結晶体だ。頑丈な鎖によって何重にも亘り縛り付けられた内部には、一人の少女が閉じ込められていた。

年の頃は、十七、八程度。海の水を閉じ込めたかのような青々とした髪を、右でのみ縛っている。吊り上がり気味な目も、ぷっくりとした膨らみを持つ唇も今は閉じられていた。

顔つきは人間そのものだが、耳だけが鋭く尖っている。

その身にはフリルのあしらわれたドレスを纏っており、派手さはあるものの、いわゆるけばけばしさのようなものは感じられなかった。権威を殊更に誇張はしないが、さりとて隠すことも無い——そんな本人の信条が表れているような服装だ。

その手には、一本の長い槍が握られていた。先端が三又に分かれている珍しいもので、どこか、漁師の使う銛を思わせる。

「この方が……支海の魔王様？」

ルーナが近付いて、結晶体の内部に封じ込められた少女を仰いだ。

「ルーナは見たことがなかったのか？」

問いかけたルインに、ルーナは支海の魔王に見惚れるような眼差しを送りながら、

「ええ。魔王様のお城には何らかの事情がない限り行ってはいけない、と言われていましたから。オルクスさんを始めとする、島の一部のヒトしかお姿を拝見したことはないんです」

「なるほどな。魔族の聖域と考えると理解できる話だ。……よし、早速、封印を解いてみよう」

ルインは言って、ルーナに距離をとるよう指示し、結晶体と向き合う。

『魔王との遭遇。【魔王従属】発動の為に障害を排除します。対象に接触して下さい』

現れた託宣に頷き、鎖に触れる。瞬間、激しい音と共にそれは弾け飛んだ。

やがて――少しずつ、結晶体の中から、少女が抜け出てくる。

完全に外に出て、ゆっくりと落ちてくる彼女を、ルインは抱き留めた。

「ほ、本当に魔王様が封印から解けた……これがルインさんの、魔王使いのスキル……」

「ううむ。女神の力を打ち破るとは、やはり恐ろしいジョブよ」

サシャが言いながら近付いてくると、少女の顔を覗き込んだ。

「ほれ。目覚めよ。お主に用があるのじゃ」

呼びかけるが、相手からの反応はない。

「おい、どうした。ねぼすけか。ほら。ほーら」

待ち切れなかったのか、サシャは少女の頬をぺちぺちと叩いた。

「やめろって、そういうの……」

止めようとしたルインだったが、その前に、小さな声を聞く。

「……ん……」

視線を落とすと、抱き留めていた少女が、薄(うっす)らと目を開けていた。

「あ……おはよう、って言っていいのかな、この場合」

まだ覚醒(かくせい)し切っていないのか、ぼやりとした顔をする少女に、ルインは答える。

「オレはルイン。魔王使い……って言っても分からないか。事情があって、君を封印から解放した」

「……ルイン……そう、あなたが」

「ん？　オレのことを、知っているのか？」

どういうことだろう、と訝(いぶか)しんでいると、少女は続けた。

「あたしは……アンゼリカ。支海の魔王と呼ばれた存在」

間違いないようだ。ひとまずルインは胸を撫で下ろす。

「そうか。初めまして、アンゼリカ。……うん。どこから話せばいいかな」

一から説明するとなると、相当に時間がかかる。だが、現状、ゆっくりしている暇もなさそうだった。こうしている間にも、国の兵団が島へ向かっている。

「ひとまずは簡単に言うけど……」

とルインが口にしかけたその時だった。

「いいわ。全部、知っているから」

「え？」

「だからね、ルイン」

突如として、アンゼリカがはっきりと目を開き。

「──あなたを殺してあげる」

宣告と共に、右手に持っていた槍を躊躇いなく向けてきた。

瞬時にルインはそれを見抜くと、アンゼリカを放して後ろへ跳躍。距離をとる。

瀬戸際のところで、彼女の持っている得物の矛先は虚空を突いた。

「やるじゃない」

アンゼリカは立ち上がると、槍を振り回して床に突き立てる。

「おい!!　なんじゃお主！　それが助けた相手に対する態度か!?」

サシャは、いきり立ちまなじりを決しながらアンゼリカを指差した。

「……いや君もいきなり殺しに来たような」

だがルインが突っ込むと「うぐっ」と痛いところを突かれた顔をする。

「あ、あれはお主が魔王使いだと名乗ったからであろう！　少なくともあの女のように名前を聞いただけで刃を向けるような野蛮な真似はしとらんわ！」

正直、体験した理不尽さは似たようなものだった気がする、とルインは密かに思った。

「魔王様！　待って下さい！　ルインさんは敵ではありません！」

と、そこで、ルーナがルイン達とアンゼリカの間に入った。両手を広げて庇うようにし、

「こ、こんな見た目では分からないかもしれませんが、ボクはルーナといって、魔族です！」

魔王様……アンゼリカ様の右腕と呼ばれたヒト、ジンの血を引いていて！」

「ジン……そう、あいつの。無事に子どもを育て上げたのね」

「そ、そうです！　聞いて下さい！　ボク達は魔王様が封印された後、その御身をお守りするために、残された地にずっと住んでいました！　ですが、魔王様の封印が弱まったせいで魔物が暴れ出して、そのせいで人間達が――――！」

「どきなさい、ルーナ。あなたの御託を聞いている暇はないの」

ルーナの話を遮って、アンゼリカは槍を構えた。

「あたしはそこにいる男と戦わなきゃいけない。今この瞬間、他のことは関係がないわ」

「そ、そんな……でも！」

「でも？　今、でも、と言ったの？　あなた」

刹那。アンゼリカの全身から、不可視の何かが溢れ出した。

それは実在を伴わないもの。物理的な現象を一切もたらさないもの。

しかし、確かな絶対的強さを以て、相手を畏怖させる力。

「あたしを誰だと思って口を利いているのかしら。……不敬者が。伏して下がれ」

遥かなる上位の存在が放つ、息苦しい程の威圧感だった。

「あたしは――【支海の魔王】よ」

アンゼリカが纏う空気は、衝撃波の如くして、ルーナの全身を打ちのめす。

「……ひっ」

彼女は青ざめた顔で、力が抜けたように、その場に腰をつけた。

「ほう。気持ちの良い不遜さじゃ。魔王たるもの、そうでなくてはならぬ」

サシャが歯を剥き出しにして笑い、ルインの隣に立つ。

「わらわはサシャ。お主と同じく魔王。【死の魔王】と呼ばれた存在よ。だが今は、縁あってこのルインの配下となっておる」

「人間如きに従わされているのね。恥ずかしいと思わないのかしら」

「いいや？　これが中々に心地よい。故にこそ、だ」

己がアンゼリカより上に立つ者であるかのようなふてぶてしさで、サシャが言い放つ。

「我が主に手を出すのであれば、わらわも相手になる。その覚悟がお主にあるか？」

「……ふん。そんなことはどうでもいいのよ」

アンゼリカは吐き捨てるように言って、ルインを睨み付けながら続けた。

「あたしはそこの男と戦う。あなたが加わろうが、加わらなかろうが、関係ない」

「……なぜそこまでオレに敵意を持つ？　人間だからか？」

「さあね。——あたしに勝ったら、教えてあげる！」

言うが早く、アンゼリカは床を蹴った。

さすが魔王というべきか。凄まじい速さで、瞬く間に肉薄して来る。

「やるしかないぞ、ルイン！　話はこやつを大人しくさせた後じゃ！」

「ああ……そうみたいだな！　【魔装覚醒】！」

ルインは素早くスキルを発動。生まれた炎の中から長剣を引き抜いた。

アンゼリカが大気を打ち破りながら繰り出してくる槍の矛先を、真っ向から受け止める。

鋭い衝撃音が鳴り響く中、彼女は牙にも見える歯を覗かせながら、口元を不敵に歪ませた。

「さぁ、人間、少しくらいは楽しませてくれるのかしら⁉」

槍を一旦引き抜いた彼女は、瞬きする間もなく、次なる手を打ちだしてくる。

超高速の突きが、次々と放たれた。あまりに常軌を逸した勢いのそれは、残像を刻み、一本の槍を何十本、何百本にも見せる。

だがルインはそれに動じることなく、一つずつを冷静にさばいていった。

謁見の間に、耳障りな音が絶えることなく続いていく。

「やるではないか。ルインだけでなく——わらわとも遊んでくれ！」

だが、サシャが全身から炎を立ち昇らせ、それを一気にアンゼリカへと向かわせると、彼女は舌打ちして後ろへ下がった。

先程までアンゼリカの居た場所を炎が派手に抉り、深い穴を築き上げる。

「見たか。わらわの破壊の炎を。お主など、触れれば即座に塵芥と化すぞ！」

中空に次々と漆黒の炎球を生み出し、サシャはそれを、間断なくアンゼリカにぶつけ始めた。素早く避けていく彼女の後を炎が打ち砕き、瓦礫を噴き上げ穴を空ける。

「確かに厄介な力ね……！」

アンゼリカは全ての攻撃をかわしているものの、逆に言えばそれ以上のことが出来ていない。反撃の糸口が掴めず、苛立つように舌打ちした。――そして。

「あなたの相手は別の奴に任せるわ。来なさい！」

彼女が指を鳴らすと同時、城全体を震動が襲う。

やがて周囲に展開される海中景色の向こうから、巨大な影が猛速度で現れた。

それは結界を通り抜けて謁見の間まで到達すると、アンゼリカの傍で停止する。

「……シーサーペント⁉」

瞠目するルインの前で、再会した魔物はルイン達を睥睨し、痛烈な咆哮を上げた。

だが以前と違うのは、相手の体の周囲が不可思議な膜で覆われていることだった。揺らぎを見せながら辺りの景色を映す様子は、さながら澄み切った水面のようだ。

「ふん。水の結界で覆いながら、権能で配下を呼び寄せたか」

サシャの推察にアンゼリカは、挑発的に口元を歪めた。

彼女が更に指を鳴らすと、シーサーペントと同じように、次々と魔物が現れる。

丸い頭に軟体と幾つもの触手を持つクラーケン。矢尻のような体に鋭い歯と目を持つグランシャーク。無数の棘の生えた、蛇のように長大な痩躯のドラグスネーク。

いずれもシーサーペント程ではないものの、ギルドによって【最上級】に指定されている難敵だ。本来であれば一匹であっても、A級以上の冒険者がパーティで挑んで初めて対抗できる相手だった。

「行きなさい、あたしの愛しい守護者達！」

アンゼリカの命令によって、魔物達は一斉にサシャ目掛けて襲撃をかけた。

サシャは跳躍し、ルインから離れたところに着地する。それでも尚、魔物達が彼女への追撃の手を緩めることはない。

「良い、ルイン！　この程度の連中、わらわ独りで十分じゃ。お主はそこの女を頼む！」

動こうとしたルインに言って、サシャは大量の炎を呼び出し、両腕に宿した。それは一気に燃え上がり、やがて巨人の腕を思わせるような形と化す。

「死を恐れぬのであればかかってこい。その愚かさを身に刻み付けてくれるわ！」

シーサーペントが大量の水流を吐き出し、クラーケンがサシャの体を拘束せんとして触手を伸ばす。グランシャークが視認不可能な程の速度で突貫する後を、裂けんばかりに口腔を開けたドラグスネークが続いた。

しかし、サシャはその全てを、炎の腕によって退けていく。水流を消し飛ばすと、触手を握っては容易く振り回し、本体を床に叩きつける。グランシャークの突貫を避けるとその頭蓋に拳を叩きつけ、ドラグスネークの痩躯を焔で焼いた。

魔物達はそれでも諦(あきら)めずサシャに向かうが、彼女は余裕(よゆう)の笑(え)みでそれを迎え撃(う)つ。

「凄(すご)い……」

現実離(ばな)れした光景を目にしたかのように、ルーナが小さく漏らした。

「分かった、サシャ。そっちは君に任せる」

ルインは長剣を構えてアンゼリカと対峙(たいじ)する。

「ふん。嘗(な)められたものね。人間如きがたった一人であたしと渡(わた)り合えるとでも？　思い上がるのもいい加減にしなさい」

「思い上がっているのはどっちかな。試(ため)してみれば分かる」

冷静に返したその答えにアンゼリカが眉尻(まゆじり)を吊り上げた。

「生意気な人間……いいわ。あなたとの戦い、さっきは中途半端(ちゅうとはんぱ)に終わったものね。続きをするとしましょう」

槍を携(たずさ)えた彼女は、その矛先をルインに向けてくる。

「ル、ルインさん……！　ボクもやります！　一緒(いっしょ)に戦います！」

だが戦いが始まる前に、ルーナが背後から声をかけて来た。

振り返ると、彼女は立ち上がり、重大な決意を固めたかのように顔を強張(こわば)らせている。

「……大丈夫(だいじょうぶ)？」

魔王を前にして怯えていたルーナの姿を思い出しながら確認すると、彼女は頷いた。

「は、はい。魔王様を止めて、話を聞いて頂けなくては、島の皆が危ないんです。いつまでも恐がってなんか、いられません！」

まだ完全に立ち直ったわけではないのだろう。現にルーナの体は小刻みに震えていた。

それでも――そう堂々と言えることの出来た覚悟を、ルインは好ましいと思った。

「分かった。じゃあ、頼むよ」

微笑みを浮かべて頷くと、ルーナは顔を輝かせ「はい！」と拳を握る。

「あ、あの、ルインさん。ボクの権能【力得る者】は、光を溜める時間をかければかけるほど、威力が強くなるんです。もし限界までやれば、その、魔王様を止めるのには十分な力になるのではないかと思うのですが……問題はその間、ボクは動くことが出来ないので、無防備になってしまうんです」

囁きかけてくるルーナの言いたいことを察して、ルインは答えた。

「了解。じゃあ、オレはその間にルーナを守りながら、時間を稼げばいいんだな」

「……で、出来ますか？　魔王様を相手にそんなこと」

「出来ると思うよ」

間髪を容れず答えると、ルーナは呆気にとられたように、瞬きを繰り返す。

「だから君は安心してここから離れて、自分のやることに集中して欲しい。オレのことは気にしないでいいんだ」

「……は、はい……」

戸惑いながらも彼女は、後ろへと下がっていった。拳を握って構え、目を閉じて意識を集中させている様子を見届けた後、ルインは再び前を向く。

「……話は終わったかしら？」

腰に片手を当てながら、小首を傾げるアンゼリカに、ルインは朗らかに答える。

「ああ。待っていてくれたんだ。優しいな」

「ハッ——どうせなにをやっても無駄でしょうし。それくらいの慈悲は与えてやるわよ」

馬鹿にしたような口調で言いながら、アンゼリカは槍を掲げた。

「とはいえ、いつまでも見逃してやるほどあたしは優しくないの。そろそろ始めましょう」

直後、轟音と共に周辺から大量の海水が飛び出してきた。それらはやがて一塊になると、うねるような動きを見せて、アンゼリカの頭上で渦を巻く。

「精々、あたしの力に翻弄されて——不細工な演舞でも、踊りなさいな」

彼女が槍を振り払った。同時に、激流が一気にルインのもとへと流れ込んでくる。

素早く動きながらかわしていくルインだが、水の流れはアンゼリカの意志によって自在に方向を変え、追跡してくる。

　更に彼女が楽団の指揮者が如く両手を振りあげると、周囲から更に別の水が幾つも引き寄せられ、四方から狙いを定めて来た。

　殺到する蒼き殺意は、ルインを間断なく攻め立てる。

　結果、これ以上上下がればルーナに被害が及ぶという地点まで追い詰められてしまった。

「所詮は人間。大したことがなかったわね！」

　アンゼリカが手を振り下ろすと、幾本にも激流がうねりを見せながら集合し、さながら巨大な滝の如き勢いで一斉に降り注いでくる。

　が――ルインはその瞬間、長剣を最上段から真っ直ぐ振り下ろした。眼前で集結した水流の先端が左右に断ち切れていき、やがては音もなく掻き消える。代わりに長剣の刃が一気に変化。持つことさえ困難になるほどに長大化した。

「……権能を消し、魔力を吸収する？　随分と変わったスキルをもっているじゃない」

　わずかに驚きを見せるよう、目を見開いたアンゼリカだが、すぐに表情を元に戻して再び水流を呼び出した。どうやら、近くに水源があれば無制限に生成可能であるらしい。

「なら、こういうのはどうかしら？」

　アンゼリカが軽く手を振ると、水流が変化する。それは天高く伸び上がると、広く展開していった。まるで、空を占めて曇らせる雲海のように。

ルインが頭上にある水面を仰いで、間もなく。

——大量の水滴が、豪雨のようにして高速で降り注いできた。

全てが水とは思えぬほどの強さで床を穿ち、次々と深い穴を空けていく。

「……なるほど。こういう使い方も出来るのか」

ルインは素早く大剣を振るい、水滴を消していった。だが全く切れる気配がない。アンゼリカが後から後から水を追加していっている為だ。

一方、権能を喰らう度に肥大化していく剣は、徐々に途方もない規模へと成長していく。

(さすがにこのままじゃきついか……)

ルインは一旦、大剣を消して背後に跳躍した。幸いにも水滴の及ぶ範囲はそこまで大きいわけではない。ただその代わりにアンゼリカのところへまるで近付けなくなってしまった。

「あら、今度こそ終わりかしら？」

くすくすと笑うアンゼリカは、ちらりと別の方を見る。

「相棒の子もまだ終わるのに時間がかかりそうだし、打つ手はないわね」

ルインは魔物達を相手どっているサシャを確認した。一匹だけならまだしも、向こうは複数で連係している上、いずれも一筋縄ではいかない。追い詰められているわけでは全くないものの、彼女が全てを倒すのにはまだ数分程度はかかるだろう。

「……誤解があるみたいだな。オレはサシャをこの上なく頼りにしている。でも、彼女が居なければダメだとは思っていない。それは向こうだって同じことだろう」

「なにが言いたいのかしら？」

「嘗めるなってことだよ。——人間を」

ルインは漆黒の炎を呼び出すと、内部から得物を取り出した。

黒水晶の如き煌めきを持つ弓だ。

【爆壊の弓】——無尽蔵に矢を造り出し、貫いた対象を爆破する力を持っていた。

「そんなものでなにをするつもり？　矢を放ったところでこの驟雨に阻まれて終わりよ」

ルインは答えず、弓を引き絞った。虚空に炎が走り、矢を顕現させる。

そうして狙いを定め——アンゼリカに向けて、打ち放った。

それだけに終わらず、立て続けに矢を飛ばしていく。

「愚かね。無駄だって言ったのが分からなかったのかしら——ッ!?」

余裕じみた顔をしていたアンゼリカの表情が、変わった。

虚空を貫いていく幾つもの矢。

その全てが――水滴の群れを、通り抜けて突き進んでいたからだ。

「な……ど、どうしてっ⁉」

アンゼリカが愕然と立ち尽くす中でも、矢は凄まじい速度で迫る。

「……ま、まさか。あなた……」

信じられない、といった顔をしながら、彼女は叫んだ。

「水滴の群れの隙間を見極めて打ったとでも……⁉」

ルインは否定もせず、肯定もせず、次なる矢を番えて素早く打つだけだった。

「くっ……なんなのよ、あなたは！」

アンゼリカは生み出した雨を消すと、代わりに跪き、床に手をついた。

即座に水流が転換。彼女の目の前に水の壁を作り出す。

矢は全てそれによって防がれ、一気に爆裂した。

「でも、この程度では――ッ！」

「ああ、分かってる」

アンゼリカが立ち上がろうとした瞬間。彼女の体は硬直した。

驟雨の解ける刹那を狙って疾走したルインは、既にアンゼリカの懐にあり。

「常に最悪の結果を予測し最善の手を打つ。勝負の基本だよ」

新たに呼び出した槍を手に持ち、真っ直ぐに突き出していた。

それでもアンゼリカは、かろうじて自らの得物によって攻撃を防ごうとした。

驚くべき反応速度だ。その矛先は見事なまでにルインの槍の先端に絡み、弾き飛ばすことを可能とした。そう。対しているのが——通常の武器であれば、の話だが。

「え……ッ⁉」

アンゼリカが、今度ははっきりと瞠目した。

それもそのはず。何も知らない者が見れば訳が分からない現象だろう。

ルインの放った槍の先が、溶けるように消え去っていたのだから。

それでも即座に予測して動けたのは、さすが魔王というべきだろう。アンゼリカは素早く横に転がった。直後、先程まで彼女の居た場所を、背後から槍の矛先が貫く。

【孔滅の槍】——距離を無視して攻撃を届ける武器の効果だった。

「な、なんなのよ、あなたは⁉　さっきからやってることが滅茶苦茶じゃない！」

ルインから距離をとったアンゼリカが、納得いかないというようにわめく。

「魔王に滅茶苦茶だって言われてもな……君だって大概だろ」

「あたしはいいのよ！　でもあなたは人間でしょう⁉　そんな技も力も、見たことないわよ！　勇者だって使ってなかったわ！」

「そうなんだ。じゃあ、降参するか？」

そう、軽い口調で問いかけると、アンゼリカが唇を噛み締めた。

「ふざけないで……誰が人間如きに！」

その返答に、ルインは肩を竦めて、端的に言った。

「そうか、それは残念だ。ならそろそろ君の出番だな。――ルーナ！」

ルインが地を蹴って宙に高く舞い上がった、その時。

「すみません、魔王様……ッ！　でもこれしか方法がないなら！　ボクは、やります！」

眼下に居るルーナが、厳然たる決意をうかがわせる声を上げた。

彼女の体からは、地下道で見せた時とは比べ物にならぬほどの量の光が溢れている。

それらは一気に彼女の脚に収束し、形をなしていった。

「ご覚悟を！　砕け――【力得る者】ッ！」

言い放ち、ルーナが駆ける。跳び上がると、足先をアンゼリカへと向けた。

光は彼女の脚の周囲に頑強な防具を出現させた。それは、脚部用の防具であるソルレットを彷彿とさせる。

次いで、爆発的な勢いで背後に射出される光の奔流が、彼女の体を押した。

超高速的な動きによって、ルーナはアンゼリカに向けて強烈な蹴撃を放つ。

アンゼリカはしばし呆然としていたものの、すぐに我を取り戻すと、急ぎ足元に壁を造り上げた。ルーナが体ごと壁に衝突すると、鼓膜を破くほどに強烈な擦過音が鳴り響く。

だが、持ったのは数秒ほどだった。拮抗していた力の天秤は、一気に傾く。

ルーナの体は、アンゼリカの壁を突き破り――そのまま、彼女に激突した。

声もなくアンゼリカの体が吹き飛び、玉座に叩きつけられた。だがそれでも終わらず、見た目に頑丈なはずの椅子を砕き割り、更に後方へ。

床を大きく削りながら進み、数秒後にようやく止まった。

「あ……し、しまった。やり過ぎました⁉」

自分でも予想以上の威力になってしまったのだろう。着地したルーナが青ざめた顔で頭を抱えた。

「ど、どうしましょう、ルインさん！　魔王様が死んじゃったら……！」

慌てふためきながらルインの方を向いた彼女は、しかし、そこできょとんとした表情を浮かべる。

「……あれ？　ルインさん？」

既にそこに、ルインが居なかったからだろう。

「……やる……じゃない……！」

アンゼリカが、よろめきながら、立ち上がる。

「さ、さすがのあたしも、ちょっとだけ焦ったわ。でも……まだ、この程度では!」

「終わらない。そうだよな」

笑みを浮かべようとしていたアンゼリカの口元は、そこで止まる。

ありえない幻覚でも前にしたかのような表情を浮かべながら、見つめてくる。

——眼前まで迫り、剣を振りかぶるルインを。

「……嘘でしょ」

「いいや。これが現実だ」

別の方角から発生する声に、アンゼリカは視線を傾けた。

「お主の敗北。とくと受け入れよ」

全ての魔物を倒し終えたサシャが、両手を掲げて生み出した炎を投擲する。

それがアンゼリカの体を撃つのと。

ルインの刃が叩きつけられるのは、ほぼ同時だった。

「がっ……ッ!」

二つの攻撃をまともに受け、アンゼリカは再び吹き飛ぶ。

そのまま長い距離を無様に転がって、沈黙した。

「フン。ルイン相手によくやったではないか。褒めてつかわすぞ、支海の魔王」

サシャが不敵な笑みと共に、床に伏しているアンゼリカを睥睨する。

「ル、ルインさん、サシャ様！　もしかしてお二人はボクの攻撃がアンゼリカ様を倒すには至らないって、分かっていたんですか⁉」

後ろから駆けつけて来たルーナが勢い込んで尋ねるのに、ルインは頭を掻いた。

「ああ、いや、分かっていたわけじゃないんだけど。サシャと同じ魔王であるアンゼリカの頑強さとか、権能の効果から、後もう一歩程足りないんじゃないかと踏んでいてね。あらかじめ動いてたんだ」

「わらわも同じくじゃ。魔物を倒しながら様子を見ていたが、止めをさすには足らんと思っておった。しかし、まさかルインもそうだとはな」

「そうか？　オレはサシャなら気付くと思ってたけどな。だから、二人で丁度、命を奪わない程度の傷を与えられるように調整して攻撃を放ったんだ」

「そ……そうなのか。うむ。まあ、それならば結果的には良かったか」

サシャはどこか満足そうに、しかし照れくさそうに頬を染めて、顔を背けた。

「は、はあ……アンゼリカ様の差し向けた魔物達をお一人で相手にしていたことといい、最後まで先手を打って考えて行動することといい、本当に凄過ぎます、お二人とも……」

ルーナが胸打たれたかのように言った後、何かに気付いたように、サシャに尋ねる。

「あ、で、でも、魔物達は……?」

「安心せえ。彼奴等もアンゼリカの命に従ってやったこと。無用に命まではとっておらぬ。とはいえ、かなり強烈にやってやったから、しばらくは目を覚まさぬじゃろうが」

「そ、そんな配慮まで！　素晴らしいです、サシャ様！」

感極まったのか、ルーナは涙を浮かべながらサシャに抱きついて、頬を寄せた。

「よ、よさぬか。お主は本当に素直じゃな……」

苦笑しながらも、まんざらでもなさそうな表情で、サシャはルーナの頭を撫でる。

「して、どうする、ルイン。アンゼリカを配下にするか?」

「……うーん。そうだな。この状態なら成功するとは思うけど」

魔王をテイムするには【抵抗値】を減少――つまりは、相手が逆らおうとする意志を失うほどに弱らせなければならなかった。

確かにアンゼリカの様子を見るに、今であれば間違いなく、上手くいくだろう。

「また目を覚まして暴れられたら厄介じゃ。とっととした方が良いのではないか」

「……そうだな。仕方ない」

ルインとしては強引なやり方をあまり好まないところではあったが、リリスの時がそうであったように、相手が魔族、それも魔王であれば平和的に解決するのは難しい。

であればまずはテイムをし、その状態で冷静になってもらい、話し合いをするというのが一番、やりやすい方法ではあった。

「じゃあ、スキルを実行――」

「……待ちなさい……」

が、ルインが言いかけたところで、予想外のところから制止が入る。

目の前で、アンゼリカが床に手をつきながら、かろうじてといったように体を起こしていた。彼女はそのまま跪くと、首を横に振る。

「もう十分よ。勇者との戦いの影響で弱っているとはいえ、このあたしを相手に圧倒するとはやるじゃない。認めてあげてもいいわ」

「……どういうことだ？」

スキル発動を中止してルインが尋ねると、アンゼリカは顔を上げた。

「あたしがただ訳もなく暴れていたとでも思っているの？　侮らないで。全部知った上で、あなたを試したのよ」

サシャが怪訝に眉を顰めると、アンゼリカは疲れたように、その場に座り込んだ。

「……封印が弱まっていたのか、あたしは少し前から意識だけ取り戻していたの」

「あ、やはり、そうだったのですね。だから魔物が魔王様を守ろうとしていたんですか」

ルーナの言葉に、アンゼリカは軽く頷(うなず)きを見せた。

「そうね。止めることも出来たけど、ま、どうせあの子達が襲うのは人間だけだし。別にいいかって思って放置してたのよ。それで、海の魔物に働きかけて、島周辺の情報を集めさせていたの」

「待て。ならばお主、街で起こったことや島に迫りつつある危機について、既に把握(はあく)していたというのか？」

「その通りよ、死の魔王。大体のところは知っているわ。そこの人間が魔王使いっていう、厄介なジョブの持ち主だってこともね。ま、スキルの詳しい内容までは知らなかったから、驚いちゃったけど」

恐(おそ)らくは、街でされた会話等も魔物を通して聞いていたのだろう。中々に利便性のある権能だとルインは感心する。

「しかし、それならどうしてオレ達に襲い掛(か)かったんだ。島が危ないって時に戦っている場合じゃないだろう？」

「だから、試したって言ってるでしょう？　あたしは封印から解放されたら、部下達の子孫を守るために人間どもと戦うつもりだった。その際、あなたやそこの魔王が参加した時、共闘する価値があるかどうかを確かめたの」

「だったら最初からそう言えばよかろう」

いちいち面倒くさい真似を、と言いたげな顔のサシャに、アンゼリカは口角を上げた。

「断りを入れたら本気でかかってこないでしょう？　それじゃあ意味がないのよ」

「ふん。もし、お主の審査に合格していなかったら？」

「ここで再起不能にするか、抵抗するなら殺していたわ。足手まといは、不要だもの」

「……貴様」

平然と言ってのけるアンゼリカに、サシャがにわかに殺意を纏った。だが彼女は意に介する様子もなく、

「だってそうでしょう。あたしにとって重要なのは自分と自分を慕う部下達だけ。その障害となりそうな存在なら、排除するのに躊躇はないわ」

その口調に残忍さはまるでなく、やるべきことをやるだけなのだという、アンゼリカの確固とした信念が感じられた。

「……君は随分と仲間想いなんだな」

ルインの呟きが予想外だったのか、アンゼリカが「は？」と端整な顔立ちを間の抜けたものへと変えた。

「だってそうだろう。部下達を害するならどんなものでも退ける。その為に自分が恨まれようと憎まれようと、傷つこうと構わない。そういうことじゃないか」

「……それは……まあ……」

反論しようにも言葉が見つからなかったのか、アンゼリカが視線を泳がせる。

その後、彼女はわずかに頬を赤く染めながら、サシャを見た。

「なにこいつ。やりにくいんだけど」

「その点に関しては同意する」

「なんで⁉」

意味が分からずルインは声を上げたが、サシャもアンゼリカも答えてくれなかった。

「……ま、良い。やり方は乱暴じゃが、お主の気持ちも同じ為政者として分からないでもない。しかし、ならば此度の試しは合格であったのか、否か？」

「……。そうね。ぎりぎりで合格にしてあげてもいいわ」

縛った髪を指先でいじりながら、アンゼリカがぼそりと答える。

「クソボロのボロにやられておいて、よく言うわ」

「く、クソボロのボロではないわよ⁉　少なくともクソボロではないわ！」

ボロの方は認めるのか、と思いつつ、ルインは言った。

「それは良かった。なら、オレ達と一緒に地上に戻ってくれるか？」

「……ええ、いいわ」

「魔王様！　ありがとうございます！」

パァッと顔を輝かせるルーナに、アンゼリカは微笑みかけた。

「さっきは悪かったわ。演出の為に必要であったとはいえ、あなたを恐がらせてしまって」

「あ……い、いいえ、とんでもないです！　ボク、うれしいです！」

星々をちりばめたかのように目を煌めかせるルーナに、アンゼリカは「良い子ね」と慈しむように笑みを深めた。だが、

「ただし。言っておくことがあるわ、人間」

一転して剣呑な雰囲気を纏うと、ルインを睨み付けてくる。

「──あたしはあなたにテイムはされない、人間如きの配下になるなんて、想像しただけで虫唾が走るわ」

「お主がどう思おうとも、ルインがスキルを使えばテイムされるのじゃがな」

サシャの指摘に、アンゼリカが益々険しくした顔で、ルインを見つめて来た。まるで、たとえそうだったとしても自分は屈しない、とでも言うように。

「……分かった。テイムはしない。だから早く地上に戻ろう」

が、ルインの答えに、彼女はきょとんとする。

「え……ちょ、ちょっと待ちなさい。あなた、魔王使いで、人間と魔族の融和を目指す為に、魔王を配下にしているんじゃないの？」

踵を返そうとしたルインをアンゼリカが止めた。

「そうだけど？」

「なら、どうしてあたしをテイムしないの」

「君がされたくないって言うからだよ」

「でもテイムしようと思えば出来るんでしょう⁉　無理矢理にすればいいじゃない！」

理解不能といった体のアンゼリカに、ルインはあっさりと答える。

「それじゃ意味がない。襲われて話を聞いてくれない状態なら、まずはテイムして冷静になってもらう為に、仕方なくやることもあるよ。実際、もう一人の仲間であるリリスがそうだった。でも、君は平時の状態でテイムされるのは嫌だと言った。なら仕方ない。オレは、君を奴隷にしたいわけじゃないんだ」

「……ぜんっぜん、意味不明なんだけど」

「ルインはこういう人間なのだ。わらわとしては何でもいいからとりあえずはテイムしてしまえという気持ちもあるが、こやつにそんなことを言っても聞きはすまい」

サシャは苦笑しながらも、どこか、親愛の籠もった眼差しをルインに向けて、

「それでも──今となっては、こやつのそういうところが、わらわは嫌いではないがな」

「わぁ……。お二人は、その、なんだか、とっても素敵ですね」

ルーナが、ルインとサシャを見比べて、うっとりした様子で、

「そういうの、なんていうんでしたっけ。聞いたことがあるような──そうだ。『愛』だ！」

「ち、違うわっ！」

瞬時に首筋まで真っ赤になりながら否定するサシャに、ルーナは「え、ええー？」と当惑した様子を見せる。

「とにかく、オレは君が自分の意志で受け入れるまでテイムはしない。だから、早く行こう。君の部下が待っているよ」

「……変な人間ね。分かったわよ」

どこか諦めたような口調で言って、アンゼリカはゆらりと立ち上がった。

しかし、すぐにふらついて倒れそうになった為、ルーナが慌てて近寄り、その身を支える。

アンゼリカは苛立つように舌打ちして、

「ああ、もう。ちょっと人間。あたしを運びなさい」

「ええ!?」

「ええ、じゃないわよ。このままじゃ歩けないじゃない。もう少ししたら動けるようになると思うから、島まで連れて行きなさいよ」

「お主、もう少し態度というものを改めた方が良いのではないか。何様じゃ？」

「魔王様よ」

サシャの質問にアンゼリカが素早く答えると、彼女は「うぐう」と黙り込んだ。

「ま、魔王様、ボクがお運びしますから！」

ルーナの提案に、アンゼリカは「ダメよ」と首を横に振った。

「あなた、まだ子どもじゃない。無理よ」

「……仕方ないな。じゃあ、乗ってくれ」

ルインはアンゼリカに背を向けて、その場に膝をつく。しかし、

「ちょっと、なによそれ。仮にもあたしは支海の魔王よ？　その高貴なるあたしに、不格好に背におぶされというの？　身分に相応しい抱き方というものがあるのよ。両腕を前に出しなさい」

ルインが首を傾げながらも言われた通りにしていると、アンゼリカがふらつきながらも、ルーナに肩を支えられつつ、ルインの前方へと回って来た。

そして彼女は、そのままふわりと、ルインの腕の中へと倒れてくる。

「うわっ……と？」

自然、ルインはアンゼリカの首の後ろと、太もも回りを持つことになった。

「……ああ!?　お主、それは!?」

サシャがなぜか、動揺したようにアンゼリカを指差す。

「わらわは知っておるぞ！　それはあれじゃ。『お姫様だっこ』というやつじゃろう!?」

「ああ。そういうこともあるわね。人間にしてはマシな寝心地よ」

アンゼリカは指先を上げると、ルインの顎をなぞり、嫣然と微笑む。

「感謝しなさい、人間。至宝たる魔王の身、あなたに一時、預けるわ」

「……光栄だよ」

なんともいえない気持ちになりながらも、ルインはアンゼリカを持ち上げた。華奢な体付きである為か、重さはそれほどでもなかった。

「ルイン、嫌なら嫌と、そう言った方がいいぞ。アンゼリカにあるように、お主にも拒否する権利はある！」

サシャが食って掛かるように言ってくるのに、ルインは眉を顰める。

「いや別に嫌ではないけど」

「なっ……う、うぬぬぬぬ」

悔しがるように手をきつく握りしめるサシャを見て、アンゼリカは、何かに気付いたような顔になった。

「……へぇ。そういうこと」

次いで彼女は、手を伸ばし――ルインの首元に回すと、更に体を密着させて来る。衣服を通して体温と、控えめながらも柔らかな胸の感触が伝わり、ルインは心臓が激しく脈打つのを感じた。

「あの。ちょっと近い気が」

「だってこうしないと、落ちちゃうじゃない。いいから、さっさと運びなさいよ、人間」

「……分かったよ」

ルインは、なるべくアンゼリカの顔を見ないようにして、歩き始める。

「あー！　待たんか、アンゼリカ！　わらわはそこまで許したわけではないぞ！」

急ぎ後ろからついてくるサシャに、アンゼリカは軽快な声で答える。

「あら？　別にあなたに不都合はないからいいんじゃない？」

「そ……それはそうだが、しかしじゃな。その、公衆道徳的な問題において……」

「魔王に公衆も道徳も関係ないわ。ねえ、人間？」

どこか誘惑するような眼差しを送ってくるアンゼリカに、ルインは「ど、どうかな」と答えながら、先を進んだ。

「……うーん。やはり、『愛』のような気がします」

背後で呟くルーナに、サシャが「だから違うわっ！」と焦り気味に答えていた。

第四章 ―― 世界に抗いし者

魔王城を出ると、地下道を逆戻りし、ルイン達はようやく地上へと出る。

急ぎ森を抜け、浜辺へと帰還した。

「すまない、リリス、遅くなった！」

アンゼリカを抱きかかえたままで叫ぶと、ルインに背を向けていたリリスが答えた。

「いや。丁度良かったんじゃないかな」

彼女の言葉が意味するところは、すぐに分かった。

「……これは……」

ルインは、目の前に広がる光景に目を奪われる。

紺碧を湛え、広々と展開する大海原。そこを――無数の船が埋め尽くしていた。

ざっと数えるだけでも十数隻。まるで、海戦でも行おうかというほどの大艦隊だ。

「今さっき到着したところだよ。見たところ、それぞれの船に数十人単位で乗ってるかな。

もちろん、全員、武装済み」

「ふん。雁首揃えて結構なことじゃ」

サシャが外套を払いながら、鬱陶しそうに鼻を鳴らす。

「しかしいかに魔族相手とはいえ、随分と派手な出方じゃな」

「ああ。多分だけど、魔王が復活しているかもしれないって考えたんじゃないかな」

それを踏まえると、納得のできる編制ではあった。

「人間。もういいわ」

と、そこでアンゼリカに言われ、ルインは彼女をゆっくりと下ろした。

「……その人が【支海の魔王】？」

振り返ってリリスがアンゼリカに目を留めるのに、ルインは頷く。

「そう。無事に封印は解放できたよ」

「皆さん！　魔王様がご帰還なされました！」

ルーナが手を振ると、艦隊を恐ろしげに見つめていた魔族達が揃って後ろを向く。

「……おお！　本当に魔王様だ！」

「話に聞いていた通りのお姿……ああ、魔王様！　よくぞご無事で！」

「大変なんです、魔王様……！」

彼らは一斉に駆けつけてくると、アンゼリカの前で跪き、深々と頭を下げた。

「……皆。今に至るまでよくこの島を、あたしを守ってくれたわね。感謝するわ」

アンゼリカが微笑みを浮かべ、魔族達を見回す。その目にはルイン達に向けていた時とは違う、確かな慈愛があった。

「ありがたきお言葉にございます……魔王様」

「魔王様の御身を再びこの目に出来ただけでも、この島で生きて来た甲斐がありました」

「今日は……今日はなんという日だ……」

その内の一人――オルクスがルインを見る。

「……ルインよ。お前にも感謝を捧げる。まさか本当に魔王様を連れて来て頂けるとは」

「いや、いいんですよ。それよりも、今はあっちの方をなんとかしないと」

ルインが視線を向けた先。

海上に並ぶ艦隊は、不気味なほどの静けさをもって待機していた。

「ああ……そうだな。皆、何があってもいいように備えるんだ。用意してあった武器や防具を身に着けろ」

オルクスの指示に、魔族達は揃って頷き、森の中へと走っていく。

「……さて。どう仕掛けてくるか」

サシャが見定めるように呟いたその時。相手に動きがあった。

船の一つ。一番先頭にあったそこから、何かが降ろされる。小舟だった。

それはしばらくすると、浜辺まで到着した。中に乗っていたのは、港町で見た青年、勇者フィードだ。彼は四人の仲間達を引きつれながら、ルイン達の前に立った。

「……これは驚いたな。船の上で見つけて、まさかと思って来たら、本当にそうだったとは。魔族を連れて逃げるだけでなく、この島にまで居たのか」

ルインの姿を認めて、フィードが目を見開く。

「一体全体、人間であるはずの君が、魔族連中と何をやっているんだ？」

「君が彼らに対して誤解をしているようだったからな。そこを訂正しておこうと思って」

「……誤解？」

「ああ。巨大魔物を暴れさせているのが魔族達の意図的なものだ、という君の考えは間違っている。本当は【支海の魔王】の封印が弱まった影響で、魔物が島に近付く者から魔王を守ろうとしていただけなんだ。魔族達にも止めることは出来なかった」

「そうだ。我々は何もしていない」

オルクスが前に出ると、フィードは彼の方をちらりと見て、再びルインに視線を戻した。

「キミはそれを信じたのか？　魔族の言うことを？」

その口調にはどこか嘲りとも思えるものが含まれている。

「魔族は人間を殺す為ならなんでもやる。嘘くらい平気でつくさ」

「個々の特性を種族で語るな。お主は全ての魔族をその目で見たのか？」

サシャが咎めるように言うのに対し、フィードは肩を竦めた。

「見なくても分かるさ。魔族っていうのはそういう種族だ。昔から決まっている」

そうだろう、というように彼が振り返ると、後ろに控えていた仲間達も口々に同意した。

「ああ。アルフラ教でも伝わっている」

「むしろ魔族の側に立っているあなた達の方が異常だわ」

「確かに。常識を疑いますね」

偏見も甚だしいが――そこに腹を立てたところで、仕様のないことだ。

多少の疑念は抱いていたものの、かつてはルインもそうだったのだから。

「相変わらず人間は愚かね」

と、そこで、アンゼリカが発言した。彼女は、ルインの隣に並びながら、

「あたしが統治していた頃もそうだった。魔族を手当たり次第に殺して回る。戦意があってもなくても関係なし。だから全て奴隷にして管理しなきゃいけないと思っていたのよ」

「……でもアンゼリカ、それは魔族だって同じことだ。オレ達はお互いに、お互いが話の通じない化け物だと思っていたんだろう」

「……。ええ。あなたを見ていると、そうかもしれない、と思わないでもないわね。だから……そうね。間違いを認め、反省する機会を与えてあげる」

言ってアンゼリカは、手を上げた。指先を擦り合わせて――高い音を鳴らす。

瞬間、海の方で巨大な音が響いた。フィード達が驚いて振り返る。

大量の水飛沫を上げて、シーサーペントが姿を見せた。

「これは……!? くっ、だから魔族なんて信用できないと!」

「落ちつきなさい。みっともないわ」

怒りの声を上げるフィードに対して、アンゼリカは命じる。

「こちらに来なさい」

すると、シーサーペントが、ルイン達の方を向いた。

そのまま船には目をくれることもなく、海を渡り、浜辺まで辿り着くと上陸する。

「なんじゃ、あやつ。地上でも動けるのか」

サシャが意外そうに零すのに、ルインは答えた。

「海の中が一番得意だけど、陸上でも息をすることは出来るよ。ただ動きはかなり鈍くなるからね。普通は滅多に上がってこない」

「ふうん。なら、アンゼリカの命令に従って、わざわざやってきたわけか」

リリスが感心したように言っている内、シーサーペントはルイン達のすぐ近くまでやってきた。フィード達が素早く武器をとろうと構えるものの——彼らはそこで動きを止める。相手が、襲い掛かることもなく、ただゆっくりと頭を垂れたからだ。

ルイン達にではなく、アンゼリカ一人に向けて。

「……良い子ね」

アンゼリカは笑みを浮かべながら手を伸ばし、シーサーペントの頭を撫でた。

「ふむ。魔族も魔物を飼うことはある。じゃが、あまりに強力なものを使役することは出来ぬ。そうするところ、アンゼリカの権能は脅威的と言えるの」

サシャの言う通り、ドラゴンやベヒーモスなどと呼ばれる【危険級】に属する魔物を、魔族達が操ったという記録はない。彼らは自らが生態系の頂点に居るという自負があり、それ故に他の者になど、よほどのことがない限りおもねらないのだ。

（彼女が魔王と言われる所以、か……）

既に目にしていたことではあるが、こうして犬猫のように魔物を可愛がっている様子を見るに、ルインとしても改めて驚きを隠せなかった。

「今まであたしを守ってくれていたのね。ありがとう。でも、もういいわ。後はあたしが命じるまで、好きにしていなさい。無理に人間を攻撃する必要もないわ」

アンゼリカの呼びかけに、シーサーペントは、軽く頷いた。

「ふふ。素直なのはいいことよ。さぁ、帰りなさい」

主によって促され、シーサーペントは後ろを向くと、そのまま浜辺を進んで、やがては海の中へと沈んでいった。

「というわけよ、人間。今ので分かったでしょう。あの子はあたしの身を案じていただけ。その必要がなければ、船を沈めることもないわ」

一連の光景を唖然として見守っていたフィード達は、そこで夢から覚めたような顔をする。

「……文献にも残されていたが、支海の魔王が海の魔物を操るというのは事実のようだ」

「ああ。でもこれで、この辺りを通る船が襲撃されることはない。だから魔族達を許せ、とは言わない。でも、事が解決したなら、こうした乱暴な手口に出るより、もっと平和的な解決法があるはずじゃないか？」

ルインの言葉にフィードは黙り込んだ。何かを吟味するかのように。

「フィード……どうするんだ？」

不安にかられたのか、仲間の一人が後ろから尋ねた。

他の者も同様で、フィードの次なる行動を待っているようだった。

――そして。

「……くく」

やがてフィードが発したのは、小さな声。

「く……ははは……」

間もなく、それは、高々とした笑いに変わった。

「はははははははははははははは！」

身を反らし、ひとしきり大笑（たいしょう）したフィードに、ルインは眉を顰める。

すると彼は、涙の滲（にじ）む目元を拭（ぬぐ）い、躊躇（ためら）いなくこう言った。

「――馬鹿か。そんなことはどうでもいいんだよ」

「……なに？」

「魔族が魔王の封印を解こうとしていようが、していまいが。魔物が暴れようと暴れてなかろうと、全部、ど――でもいい。僕（ぼく）には、いや、この国には関係のないことだ」

先程（さきほど）までの、どちらかといえば誠実そうな顔は一変。

底意地の悪さをうかがわせるような歪（ゆが）みを見せて、フィードは続ける。

「いいか、名も知らない愚図（ぐず）が。よく聞けよ。僕が王から受けた命は『何があっても魔族を全員連行しろ』だ。殲滅（せんめつ）しろ、でも、真実を調査しろ、でもない。王にとって重要なのは、港町の武器や防具を魔族が生産していたという、その事実だけなんだよ」

「……どういうことだ」

「まだ分からないか。だから馬鹿は困るんだ。あの港町が流通させている武器や防具は他国に比べても非常に高品質だ。しかし、だからこそ、仕入れる時の額も一ケタ違う。相手が人間ならば、それも仕方ない。内心で足元を見やがってと思ったとしても、難しい技術が必要になっているとか、特殊な鉱石を使っているとか建前があれば払わざるを得ない。ただ——魔族なら、話は別だ」

段々と、フィードの言いたいことが見えてきた。それにつれて、ルインは腹の底が熱くなってくる。

「……魔族になら、人間のような配慮はいらない、と言いたいのか」

「その通りだ。今度はよく分かったじゃないか！」

子どもを褒め称えるように、フィードは高みから見下ろしながら、手を叩いた。

「魔族は敵だ。排除すべきものだ。唾棄すべき対象だ。しかし、なら——ならば、だ」

彼は裂けるように笑いながら、吐き気のするような物言いをする。

「無理矢理連れていって奴隷のように扱ったとしても、誰の文句も出ない」

「……最悪だね」

リリスが無表情ながらも、眉間に皺を寄せる。サシャも同様、目を細めて不愉快さを露にしていた。

「だから、王が重要視しているのは『魔族が何かをやった』という前提だけなんだ。それが本当かどうかなんて、意味がない。人間がアルフラ様を裏切って魔族と取引をしていた。だから人間の方を罰して、魔族の方は全員捕らえた。その行為が称賛されることはあっても、非難されることなんて、あるわけがない」

「……本気でそう思っているのか？」

自然と声が低くなり、ルインは、昂ぶる感情を抑え切れなくなっていく。

「誤解をした状態なら仕方ないところもある。だが、本当のことを知って尚、彼らを単なる道具として利用する為に無理やり押さえて連れて行くというのなら、それは――ただの、道を外れた行いだ」

「外道結構。何が悪い。魔族だって人間を支配しようとしているだろう。こっちだって同じことをしても構わない」

「そんなことをしていたら、いつまでも二種族の対立は続くだけだ！　いいか、魔族にだって、人間と同じように善人と悪人がいる。冷酷な奴も居れば穏やかに生きていたいヒトもいるんだ。だから――」

「どうでもいいって言ってるだろうが！　しつこいんだよ!!」

ルインの説得は、フィードの一喝によって遮られた。

「もういい。魔族の肩を持つなら、キミも同じだ。敵だ。ここにいる全員、僕達の敵だ！」

彼は大きく叫ぶと、高々と手を振りあげる。

「やれ、ジョゼッタ！」

瞬間、名を呼ばれたフィードの仲間の一人、ローブを着た女性が杖を掲げた。その先端に火が灯り、勢いよく天へと昇ると――爆発する。

間もなく、リリスが声を上げた。

「ルイン！　……船の連中に動きがあった。一部が小舟で下りようとしてる」

「……くそ。やる気か！」

誤解は解けたというのに、初めから彼らには、話し合うつもりなどなかったのだ。

「言っても聞かん連中は、その身に分からせてやるしかない。――自分達の選択は、愚かであったとな」

「そうだね。やるしかないみたい」

サシャが言うと、リリスもまたやれやれと言わんばかりに大袈裟な息をついた。

フィード達が戦闘態勢をとると、間もなくその後ろから、武装した冒険者や、王が派遣してきたであろう兵士達が次々と上陸して来た。

その数は、ざっと見たところでも、数十を超える。彼らは一斉にルイン達に向けて武器を振り上げ、迫って来た。

が、その時、ルイン達の方にも援軍が到着する。

「魔王様！　お待たせ致しました。我ら一同も戦いに参加致します！」

武器や防具を身に着けて戻って来たアンゼリカの配下達が、鬨の声と共に走り出す。

彼らはそのまま、冒険者や兵士達と交戦を開始した。

島のそこかしこで金属音や、精霊術、権能の激しい音が鳴り響く。

「まだ数では負けてるね。少し味方を増やすよ」

言って、リリスが自らの腕を権能によって変化させる。

泥を纏ったそれが砂浜に落ちると、瞬く間に多くの兵士や獣を生み出した。

【マッド・ドール】の能力によって意志を持った泥人形達は、魔族に交じり、冒険者や兵士達を次々と薙ぎ倒していく。

「奇妙な真似を……まずはお前達を排除した方が良さそうだ。ブルムス、一緒に前に出ろ。ジョゼッタとシーフィーは後方から。アイクは中衛を頼む」

ルイン達に敵意を向けたまま槍を抜いたフィードに、彼の仲間達も続いた。

鎧で全身を固めた男、ブルムスが大剣を構えてフィードに並び、少し距離をおいた地点で、防具を軽装のみに留めた女性、シーフィーが弓に矢を番えた。

シーフィーと同程度の場所でジョゼッタが杖を握って砂浜に刺すと、残った最後の一人、胸当てと両手を装具で覆った青年、アイクが自らの拳を打ち付ける。

「一応、忠告してやろう。抵抗しても無駄だ。僕は【光竜騎士】。彼らもそれぞれ【星重剣士】、【夢幻弓士】、【賢霊王】に【神武闘士】と僕ほどじゃないが実力者揃い」

確かにフィードの言う通り、彼が挙げたのはいずれも【ハイレア・ジョブ】に該当する者達だ。勇者パーティと認められるに足る力の持ち主達なのだろう。

「それに僕達は国王から直々の命を受けてここに来ている。つまり、逆らう者はこの国の意志に背くことになる。その意味が分かっているのか？」

「……それでわらわ達が臆するとでも思っておるのか？」

サシャが呆れを通り越して憐れみさえ覚えるといったように言った。

「たかが一国の王如きに腰が引けては、新たな国を創ることなど到底できぬ。たとえ世界が敵に回ったとしても――わらわ達は一歩も引かんよ」

その言葉にルインもまた頷いた。梃子でも揺るがぬ心のままに。

「あくまでも戦うというなら、オレ達もそれなりの対応をさせてもらう」

覚悟を示すように、長剣の刃を真っ直ぐに立てる。

「――後悔しないなら、かかってこい」

低く、淡々とした口調で告げると、フィードの仲間達がわずかに警戒の色を見せた。

あくまでも落ち着いているルインの態度が、逆に底知れなさを浮き立たせたようだ。

「人間でありながら魔族に与する裏切り者……。キミの方こそ、その罪、身を以て悔いろ」

フィードは槍を持った腕を引き、上体を低く保つと、空いた手の指先を先端に沿わせる。

「――【空牙咆哮】！」

瞬間、彼の全身が黄金の輝きを放ち、爆発的な勢いで飛び出してきた。

ルインは自らに迫り来るその姿をかろうじて視認し、地面に手をついて横手に転がる。

サシャ達も同様、回避に成功し、フィードは凄まじい速度で砂を噴き上げながら虚空を切り裂き、後方へと移動した。

「ふん。ただ突っ込んでくるだけか。芸の無い！」

「いや、まだだ、サシャ！」

ルインが叫んだ直後――フィードの体が、直角に曲がる。彼はそのまま更にありえない角度で走る方向を変え続け、軌道線上にいた魔族達を次々と巻き込んでいった。

悲鳴が上がり、彼らは次々と吹き飛ばされていく。

「なっ……こいつ……！」

アンゼリカが部下達を守ろうと水の壁を築き上げた。しかしフィードはそれに衝突する寸前、斜め上に移動。そのまま壁を越えると、今度は真下に落下して彼女諸共部下達を巻き添えにして、衝撃波を撒き散らした。

「……やってくれるわね、人間の癖に！」

咄嗟に後方へと逃れていたアンゼリカは、倒れた部下達を前に憤怒の表情を見せる。

彼女は手を振り、頭上に水の膜を展開すると、豪雨の如き水滴を降らせた。

しかしそれらが当たる前に、フィードはほぼ一瞬で範囲外まで逃れる。

「【光竜騎士】のスキルは、輝きを纏うことによる超常的な高速突貫攻撃だ。だけどそれに加えて、自分の意志で世界の法則を無視し、たとえ空中であったとしても、自在に向かう方角を変えることが出来る」

ルインの解説に、遠方に居るフィードは壮絶な笑みを浮かべた。

「ご名答。誰も僕を捉えることは出来ない！」

彼は再び攻撃の準備を整えるようにして低い姿勢をとりながら叫ぶ。

「それに――相手は僕だけじゃないぞ！」

その言葉を証明するようにして、フィードの仲間達も動き始めた。

「おおおおおおおおおおっ！」

ルインが雄たけびに反応し前を向くと、ブルムスが疾走し、大剣を高々と掲げ、力のままに振り落としていた。

「【墜星】！」

激しい地鳴りのような音が響き、その切っ先は自らが触れた大地だけでなく――広く周囲を、深々と陥没させる。

まるで巨人が拳を叩きつけたような衝撃に大量の砂煙が上がり、魔族達が絶叫した。

「相手は何をしてくるか分からない！　全力でやるわ！」

シーフィーが弓の弦を引きながら告げるのに、

「そうですね。遠慮はいらない相手のようですから！」

ジョゼッタが杖を掲げ、途方もなく巨大な雷を生み出した。

「ああ！　こうなったらやるしかない！」

アイクが、ルイン目掛けて突っ込んでくる。

「【双霊過撃】ッ！」

輝きを纏う両の拳を一気に突き出すと――巨大な光の帯が放射される。

それらは砂浜を一瞬にして大量に削り取りながら、ルインを狙ってひた走った。

「ルインさん！」

だがその前に、ルーナが前に滑り込むと権能を発動。両腕についたガントレットを交差し、光を真っ向から受け止めた。激しい音を鳴らし、少しずつ押されながらも彼女は歯を食い縛り、必死で光に耐え続ける。

「あああああああああああああっ！」

そうしてルーナは、気合と共に光を弾き飛ばした。同時に、苦しげな顔で膝をつく。

「ルーナ！　大丈夫か⁉」

駆け寄ろうとしたルインを、彼女は手で制した。

「あの人はボクと仲間が相手をします。ルインさんは勇者をお願いします！」

強引に、だが凛然とした顔で立ち上がるルーナに、ルインは戦士としての風格を見る。

「……分かった。だが、無理はするなよ。絶対にだ！」

その呼びかけに、ルーナは微笑んで頷いた。

ルインがフィードと対峙すると、彼は再び動き始める。

爆走。同時に次々と繰り出す突貫は、予想もしない方向から攻め立てて来た。

だがルインはその一つ一つを見極め、当たる寸前で上手くかわしていく。

「ちょこまかとこざかしい……！」

数えきれないほどの攻撃を終えたフィードが、息を切らしながら停止する。

光竜騎士のスキルは脅威だが、唯一の弱点があるとすれば、相当な体力を削るということだ。よって、そう長い間使うことはできない。すかさずルインは前に出ると、フィードに肉薄し長剣を薙いだ。彼はそれを槍の柄で受け止める。

「――ッ！」

そのままルインが高速で連撃すると、フィードは目を剥きながら、それでも必死に対応してきた。一瞬にして数十度にわたる攻防が発生し、やがて相手は隙を見て背後に退く。

「……なるほどな。やはり、ただの冒険者ではなさそうだ」

呼吸を整えながら、フィードが呟いたその時だった。

何かが強烈に弾け飛ぶような音が、空中に響く。

「そ、そんな！　精霊術が⁉」

ジョゼッタが呆然と立ち尽くしていた。彼女の目の前には、黒く巨大な炎が浮かんでいる。先ほど生み出した雷は、それに取り込まれてしまったようだ。

「お主、同じジョブでもセレネ程ではないな！　あの娘の方がよほど強かったぞ！」

哄笑するサシャが炎を操り、女性へと放る。彼女は慌てたように次々と精霊術を行使するが、いずれも彼女の扱う破壊の権能によって無効化されていった。

そうして、ついには炎が女性を喰らい、爆発する。威力は調節していたのか木端微塵になることはなかったが、彼女はそのまま気を失って倒れ込んだ。

「ああ⁉　ジョゼッタ⁉　……このっ！」

シーフィーが悲痛な声を上げ、しかしすぐに憎しみに転じた顔で弦を引いた。

矢を放つ――大気を貫き走るそれは、次の瞬間【夢幻弓士】のスキルによってそれぞれが炎を纏い無数に分裂した。

「ふうん。人間にしてはそれなりにやるね」

翼をはためかせ、中空に飛ぶリリスが息を吸い込んだ。

同時に吐き出す――それは空気を激しく震わせて、空を占める焔の矢を全て瞬く間に砕いていった。

「……ま、それなりでしかないけど」

同時に彼女は降下し、シーフィーを狙う。

「近寄るな！　魔族！」

シーフィーは再びスキルによって矢を放ち、今度は氷を纏わせた。凍てつく空気を纏うそれは、リリスが魔物の力による振動波で砕くもすぐに再生していく。

彼女は「……へぇ」と呟くと、すぐさま両腕を変化させた。真っ白い肌が灼熱色に変化していき、体毛が全く生えていない、滑らかな質感を見せる。

リリスはそのまま、自らに食らいつかんとする矢を払った。だが、矢尻が触れた箇所が、瞬間的に凍っていく。シーフィーがしてやったりとばかりに笑みを見せた。

一方のリリスはそれを、何の感情も宿さぬ瞳で一瞥し、

「面白い手品だね」

言葉とは裏腹に、まるで、つたない児戯を披露されたかのように告げる。

直後――リリスの腕に纏っていた氷は瞬く間に溶けていった。

勝利を確信したかのようなシーフィーの表情が、絶望へと変化する。

「どうせこんなことだろうと思って準備しておいた。【メテオ・リザード】の肌は常に高温を維持していてね。この程度の氷なんて、どうとでもなる。……ご苦労さま。もう大人しくしていていいよ」

リリスの背中から生えた翼が、急速に変化する。柔らかな羽毛の一本一本が鉄のように硬質化し、その先端が凶器を思わせるかの如き鋭さを見せた。

リリスが高速で旋転すると、背中に生えた翼の羽が大量に投射され――。

それは無数の殺意となって、シーフィーに降り注いだ。

急所こそ外しているものの、全身を貫かれた彼女は血を流しながら倒れる。

「シーフィーッ！」

ブルムスが血相を変えて叫び、次いで悔しさを表すように顔を歪めながら、大剣を振り回し手当たり次第に大地を破壊していく。

【星重剣士】のスキルは、名の通り星が落ちたかのように、直撃した箇所の周囲一定範囲を砕くものだ。またそれに捉えられた者は、まるで上から強い力で押されたかのようにして、身動きがとれなくなる。その為、魔族達は男に対して容易に近寄れず、手をこまねくようにして見るしかなかった。

「どうした魔族！　かかってこい。端から全て叩き潰してくれる！」

ブルムスが猛々しく吼えた。そこで、

「……五月蠅いわね。暑苦しい男は嫌いなのよ」

アンゼリカがうんざりしたような顔で、ブルムスに槍を向ける。

矛先に大量の水が集まり、それは一気に彼の方へと向かった。

「水流だと⁉　そんなものでおれは止められん！」

ブルムスは相手どろうとするように大剣を構えるが、アンゼリカはそこで槍を振るった。

「あたしはそこまで単純じゃないわ」

水流がとぐろを巻くと、彼の体にまとわりつき、蛇のように締め上げる。

なった。

「なにっ……ごぶっ」

瞬く間に顔まで包まれたブルムスは、陸上にいながらにして、水中に捕らわれることとなった。

もがき苦しみ、逃れようとするが、海と違ってどれほど泳ごうとも抜け出せることはない。口から泡を吹きながら、白目を剥いて、喉元を押さえる。

「あらあら。先ほどまでの威勢が嘘のようね。どれだけ粋がっても少し息が出来ないとその有様。笑えてくるわ、人間」

冷酷な笑みを形作りながら、アンゼリカがブルムスを弄ぶように見る。

やがて彼は四肢を力無く垂らしながら、ぐったりと水中に漂い始めた。

「随分と歯応えがないわね。昔に戦った勇者の仲間の方が、まだ戦っていて楽しかったわ」

アンゼリカはつまらなそうに零すと、指を鳴らして水流を消した。

ブルムスはそのまま砂浜に倒れ伏し、微動だにしない。

向かってくるフィードの槍を長剣で防ぎ、弾き飛ばすと、ルインは彼のもとへ駆けつけた。素早く様子を確認したが、気絶しているだけのようだ。

「あら。死んでなかったの。もう少し続けていれば良かったかしら」

胸を撫で下ろすルインの顔を見て状況を悟ったのか、アンゼリカが冗談とは思えない口調で笑う。

「もしそうなったら、オレが止めてたよ」

ルインが真剣(しんけん)な眼差(まなざ)しで返すと、彼女は肩を竦(すく)めた。

「吼えろ、【力得る者(グレイスター)】ッ！」

その瞬間――島中に響くかのような異音が鳴り響く。

ルインが振り返ると、ルーナが権能によるガントレットを武器に、アイクへ突貫していくところだった。

アイクは対処しようとするが、他の魔族達が動き、権能によって彼を追い詰(つ)めていく。

ついに数人がかりに羽交(はが)い締(じ)めにされ、身動きのとれなくなった彼の腹に――瞬間、爆速的な勢いで迫るルーナの拳が沈んだ。

彼はくぐもった声を上げながら吹き飛び、砂浜を転がって、そのまま沈黙(ちんもく)する。

「やったな、ルーナ！」

ルインが声をかけると、ルーナは満面の笑みを浮かべて、「はい！」と答えた。

「オルクスさん達がボクを守ってくれて、その間に権能を溜(た)めることが出来たんです！皆(みんな)の勝利です！」

彼女の周りに居た魔族達もまた、満足そうに拳を掲げる。

「よし……なら、残りは君だけだ」

ルインが改めてフィードと向き直ると、彼は露骨(ろこつ)に顔を歪めて舌打ちした。

「……役立たず共め。だが、僕一人だからなんだっていうんだ。キミはそれなりにやるようだが、僕のスキルをかわすだけで、一度も止められてはいない」

フィードが槍を構え、再び体勢を低くとる。体力が回復し、スキルを発動できるようになったようだ。

「何度も同じ手が通じると思うなよ！」

彼は視界を強く焼く程の輝きを身に纏い、超常的な突進(とっしん)を開始した。

「その言葉、そっくりそのまま返してやるよ」

ルインは炎を呼び出し、内部から【孔滅(こうめつ)の槍】を取り出す。

フィードの動きに合わせて得物を突き出すと、その先端が溶けるように消え去った。

間もなく、虚空から突き出された槍の矛先が彼の身を狙う。

「なに……ッ!?」

だがフィードは素早く方向転換(てんかん)し、ルインの攻撃から逃れた。

次々と繰り出される槍の乱打も、彼の身を貫くには至らない。

「奇妙な真似(まね)が出来るようだが、僕には意味がない！」

フィードがルインの死角に移動し、そのまま突貫しようと足を踏み出した。

「これで止めだ――ごぶっ⁉」

しかしその刹那。彼はくぐもった声を上げ、動きを停止する。

その体を――ルインの槍が、鋭く抉っていた。

「な……なぜ……⁉」

血を噴き出させながら、驚愕の表情で見つめるフィードに、ルインは得物を突き出したままで彼の方を見もせずに答える。

「これまでのやりとりで、君の移動速度は分かった。なら、後は望んだ場所に呼び寄せながら、あらかじめ槍を放てばいいだけだ」

ルインは振り向くと、槍を消し、次に弓を取り出した。

「た、ただ攻撃していたんじゃなくて、誘導していたのか……⁉　だが、僕の動きを完全に読み取ることなんて……！」

「幾ら自由に動く方向を決められるからって、そこに人間の意志が介在する限り、法則性は存在するさ。何度か戦って、君の思考は予測できるようになった」

弦を引き、出現した矢を、ゆっくりと倒れていくフィードに向ける。

「言っただろ。そっくりそのまま返す。――何度も同じ手が通じると思うなよ」

射出。間を空けて三本の矢を放ち、それらを背後で連結させた。

威力の倍増した攻撃が走り、遠方に居るフィードを真っ直ぐに討つ。

直後、爆撃と共に炎上し、彼は一瞬で遥か後方へと吹っ飛んでいった。

「おお。やったな、ルイン！」

サシャが笑みを浮かべて、駆け寄ってくる。

ルインは息をつき、その場に腰を下ろすと、砂浜に手をついた。

「ま、私達の敵じゃなかったね」

リリスも降り立ち、淡々としながらも、何処か満足そうな口調で言った。

「あ、あの厄介なスキルを冷静に抑えてしまうなんて！　まさに、感涙ですっ！」

ルーナが仲間達と共に戻ってくると、ルインに勢いよく抱きついてくる。

が、彼女はすぐに首根っこを掴まれて、持ち上げられた。

「こら。みだりにくっつくなというに」

サシャが呆れたように言うのに、ルーナは彼女の手にぶら下がりながら、「ああ！　すみません！」と重要なことに気付いたかのような顔で言った。

「サシャ様の想い人に失礼な真似を！　ごめんなさい！」

「なっ――!?　そ、その誤解こそ失礼じゃぞ!?」

言いながらも、顔を赤くするサシャに、魔族達がどっと沸く。

「ルイン、勇者達にやられた魔族達も命までは失っていないよ。傷は深いけどね」

倒れていた魔族を調べていたリリスがそう報告するのと同時、彼女の背から二対の巨大な羽が生えた。全体が丸みを帯び、まるで宝石のような青々とした色を宿したそれは、鳥のものとは違い、蝶のように鱗粉によって形作られている。

リリスが羽を何度か羽ばたかせると、鱗粉が空中に散布され、魔族達に降り注いだ。

すると、彼らの傷は瞬く間に癒えていく。

「【キュアル・バタフライ】の力か。リリスの権能は本当に万能性があるな」

戦闘力という意味ではなきに等しいが、鱗粉によってどんな重傷も治してしまう、蝶の姿をした魔物だ。

「ふむ。無事片付いたようじゃな。大層なことを言っていた割にそれほどでもなかったが」

やがて、サシャがそう言うと、一同の間に弛緩した空気が流れた。

「……ぐ……」

が――その時。

「ああああああああああああああああああああああああああああああああッッ‼」

遠方で絶叫が迸り、倒れていたはずのフィードが立ち上がった。

「くそがああああああああああああああああああ！　僕は勇者だぞ！　それが！　それがああああああああああああ！」

彼は満身創痍の状態で、それでも鬼気迫る表情のままスキルを発動した。

眩い輝きを身に纏い、槍を構えて、突撃してくる。

「死ねえええええええええええええええええええええええええええ!!」

その直線状には、アンゼリカと、彼女を囲う、ルーナを始めとする魔族達が居た。

「なに……!?　しつこい奴じゃな！」

サシャが炎を呼び出し対応しようとするが、既に間に合わない。

フィードの攻撃は、彼らに届かんと押し進んだ。——そして。

「……やっぱりか」

ルインは立ち上がり様、右手に持っているものを引いた。

砂を落としながら、地中から鎖が上がってくる。

「あれで終わる奴じゃないと、思っていたよ！」

ルインはそのまま腰を捻り、鎖つきの柄を渾身の力で引っ張り込んだ。

フィードの背後から大量の砂埃を噴き上げて、何かが飛び出す。

地中に仕込んでいた鉄球が姿を見せると、それは疾走中の彼の後頭部に叩きつけられた。

　不意打ちを喰らって頭から砂浜に突っ込んだその体を、鎖が何重にも亘って縛り付けていく。

「悪いがちょっと強めにいく！　君も勇者なら――耐えられるだろ⁉」

【獣王の鉄槌】による効果で動きを封じた状態のまま、ルインは腕を振り、フィードごと鎖を宙に放った。そのまま、彼を勢いよく地面へと叩きつける。

　情けない悲鳴が上がり、爆風のような波動が周囲を駆け抜けた。

「……あなた、あいつが食い下がると思って、あらかじめ武器を用意していたの？」

　アンゼリカが唖然とした様子で尋ねて来る。

「ああ。与えた傷からして、彼がかろうじて意識は保つ可能性はあると思ってたから。見えないようスキルを砂浜の下に展開して鎖を伸ばし、もし事が起こったら対応できるようにしていたんだ」

　ルインの答えに彼女は、らしからぬ無防備な顔をさらして――。

「……魔王より末恐ろしい奴ね」

　極めて端的な感想を、漏らした。

「どうする。まだやるか。それとも降参するか？」

　ルインが伏したままのフィードに近付くと、彼は「ひっ……！」と短い悲鳴を上げた。

「や、やめろ。来るな。来るな！」

戦う前と同じ人物とは思えない、怯(おび)え切った表情を見せる。

「畜生(ちくしょう)……！　ちくしょうちくしょうちくしょう！　まだだ！　まだ終わらないぞ！」

が、フィードは間もなく、よろめきながら立ち上がると、傷ついた体に鞭(むち)を打つようにして、ルイン達から離(はな)れていった。

逃(に)げるのか、とルインが思っていると、彼は強引に懐(ふところ)から出した何かを高く飛ばす。

次いで空中に上がった球状のそれに向けて、自らの槍を投げた。

鋭い切っ先に貫かれた物体は破裂(はれつ)し、甲高(かんだか)く大きな音を鳴らす。

「はは……ははははははは！　勝ったつもりか!?　甘(あま)いんだよ！」

落下してきた槍を掴んだフィードは、それを杖代わりにようやく立っているような身で尚、有利を確信しているかのように哄笑した。

その瞬間(しゅんかん)——空が、異常な変化を見せる。

ルインの視界が、無数の小さな物質によって隙間(すきま)なく埋(う)め尽くされた。

矢だ。艦隊(かんたい)から一斉(いっせい)に打ち放(はな)たれた矢が、弧(こ)を描(えが)きながら群れとなって、ルイン達(たち)の許へと降り注いでくる。いずれもスキルを伴(ともな)っているのか、周囲に疾風(しっぷう)を纏っていた。

また、その合間に様々な自然現象が顕現(けんげん)する。

轟々と燃え盛る火焔。渦を巻き激しさを見せる水流。人の頭ほどもある岩石を含んだ土塊。獰猛な光を放つ雷撃。嵐の如く旋回する疾風。

精霊術も矢を追うようにして虚空を駆け、ルイン達目掛けて迫ってくる。

「船にはまだまだ僕の部下が居るんだ！　忠告の通りだ。抵抗しても、無駄なんだよ！」

さながら世界の終わりを予見させるかのような恐ろしい光景を前に、オルクスや他の魔族達は顔を強張らせる。

「ル、ルインさん、これは……」

対応をおもねるようにして、焦った顔を向けてくるルーナ。

しかしルインが答えるより早く、行動する者がいた。

「人間如きが小賢しい真似を」

アンゼリカが前に出ると、持っていた槍を虚空へと突き出す。

「この程度、あたしの力でどうとでもなるわ」

彼女の得物の矛先に小さな水球が生まれ――それは瞬間的に一気に膨れ上がると、広く展開し、ルイン達の前に壁を造り上げた。

それは衝突した矢を、驟雨の如き無数の音を奏でながら全て防ぎ切る。

つまらなそうにその光景を眺めていたアンゼリカは、同じくして精霊術の数々を同じように壁で受け止めた。

爆発するような音が轟き、いずれも魔王の権能を前にして弾け飛んでいく――。

かに見えたその時、アンゼリカが瞠目した。

幾つかの精霊術が、拮抗するようにして壁を押している。

「……え……」

それらは次第に水で出来た壁に、次々と亀裂を生んでいった。

アンゼリカは慌てたように槍を突き出し更に水を集め、自らの権能を強化しようとする。

だが、それでも尚、敵の放った精霊術の進撃は止まらなかった。

しばらくは耐え続けていた水の壁は――しかし。

限界を迎えたように、粉々に砕け散った。

障害の消えた今、最早止めるものはなく、猛威を振るう自然現象達は容赦なくルイン達に牙を剥く。

「ど、どうして⁉　あたしの権能が、人間のスキル如きに……ッ！」

肉薄する精霊術を前に、アンゼリカは呆然と立ち尽くした。

「ア、アンゼリカ様ッ‼」

ルーナが悲痛な声を上げた直後。敵の攻撃のその全ては、あらゆる命を滅さんとして大地に降り注ぐ。

　アンゼリカは、せめてもの行動というように、ルーナやオルクス達を庇うように両手を広げた。そのまま彼女は来たるべき痛みを耐え抜くようにして目を瞑り、歯を食い縛る。

　そして──。

「…………」

　何も、起こらなかった。

「……人間……？」

　アンゼリカが、不思議そうに尋ねて来る。

　ルインはそれを、背中越しに聞いた。その手に、黒く輝く刃を持つ剣を握りながら。

「……間に合ったか」

　ルインは息をつき、自らのスキルで生み出した得物を消した。

「あ、あなた、精霊術をその武器で退けたの？」

「ああ。でも大半を受けてくれたのは、あれだ」

　ルインは前方を指差した。踊るように燃える黒き焔が、厳然として立ち昇っている。破壊の力を持つ【死の魔王】の権能が、ほとんどの精霊術を取り込み、消し去ったのだ。

「オレは取りこぼし分を払ったに過ぎないよ。ありがとう、サシャ」

「ふん。この程度、礼を言われるほどのことでもない」

腕を組み、笑みを浮かべるサシャを見た後、アンゼリカは自らの手に視線を下ろした。

「……でも、どうして。あたしだってあの程度は、余裕で防げたはずよ。いくら人間との戦いで疲弊しているからって」

「封印の影響だよ。女神の力で、あなたの力は現役時代の半分以下になってる」

リリスの言葉に多大な衝撃を受けた表情を浮かべ、

「ええ!?　ちょっと、あなた、魔王使いなんでしょう!?　なんとかしなさいよ!!」

必死な顔で服を掴んできたアンゼリカに、ルインは困りつつ答えた。

「出来なくはないんだけど……」

「その為にはルインにテイムされる必要があるぞ」

「……は？」

アンゼリカはサシャの方を向いて、その顔を怪訝に歪める。

「ルインにテイムされることで、女神の封印によって失ったお主の魔力は回復する。そういうことになっておるのじゃ」

「う、嘘よ。そんなことを言って、あたしをこいつの配下にしようという腹でしょう！」

「いや、違うんだ、アンゼリカ。本当にそうなっている」

その時、艦隊から第二陣が放たれた。

再び矢が、精霊術が空を駆け、ルイン達を目指してくる。

「そう。お主が今以上の力を発揮したいのであれば、ルインにテイムされるしかない」

サシャが再び炎の障壁を展開。矢と精霊術の全てを受け止めて消失させる。

「それが嫌ならば、お主は引っ込んでおることじゃな。安心せえ、わらわとルイン、それにリリスがいれば十分じゃ」

アンゼリカに対して、サシャは言った。

「部下達のことは任せておいて、お主は後ろで大人しくしておることじゃ」

どこか、挑発的な口調のままで。

「……ぐっ」

アンゼリカは拳を握り、部下達へと視線を送った。

ルーナやオルクスを始めとして、彼らは無言のまま、アンゼリカを一心に見つめている。

自らの主が決断することがなんであれ、自分達は全面的に受け入れるのだと、そう主張するように。

アンゼリカはそれを以て、逡巡するような顔を見せた。だが、

「あ、あたしは……」

やがては、思わず、といったように目を逸らしてしまう。

「……お主がどうしようとお主自身の自由じゃ。ただ、一つだけ言っておく」

と、そこでサシャが大艦隊を前に堂々と立ちながら、背中越しに告げた。

「王とはなんじゃ。万民に下らぬことか。高みから見下ろし自らが一等だと示し続けることか。それもまた真理の一つじゃろう。ただわらわは、違うと断ずる」

カッ──という音を鳴らし、闇よりも尚深き焔を、その身に纏いながら。

「民おらずして王はおらず。玉座に腰を下ろし、足を組みながら高々と笑ったところで、聞く者がいなければただの阿呆よ」

彼女はあまねく全ての真理を語るようにして、朗々と声を張り上げた。

「いやしくも魔王を冠するのであれば、自らの矜持と配下の身を比べた時──どちらを取るかなど、既にして明白ではないか」

「…………それは」

アンゼリカは血色の良い唇を、強く噛み締めた。屈辱であるかのように。

だが、反論はしなかった。ただ、拳を強く、真っ白くなるほどに握りしめる。

そして、彼女は、呟いた。

「人間。……ルイン」

呼ばれてルインが向けた視線の先。アンゼリカの瞳には——自身の姿が映っていた。

「ありがたく思いなさい」

彼女は全てを振り切ったような表情で、不遜なまでの笑みを浮かべて、こう叫んだ。

「あなたに——あたしを配下にする権利をあげるわ！」

一瞬、場が静まり返る。だが間もなく、誰かの吹き出す音が聞こえた。

「……なにそれ」

リリスが顔を背けながら震えている。必死で笑いをこらえるように。

「こういう時にまで上から目線とか……下手に矜持が高いと大変だね……」

「な、なによ!?　なにか問題でもあるの!?　このあたしがテイムされてあげると言っているの！　それ以外の言い方はないでしょう!?」

「う、うん、そうだね。そうだからちょっとやめて。それ以上何も言わないで」

アンゼリカからの攻めに耐えかねたように蹲るリリスに、彼女は「な、なんなのよ!?失礼な奴ね！」と赤面する。

「魔王様、人間の軍門に下るということで、本当によろしいのですね」

しかし、オルクスが尋ねると、アンゼリカは威厳を取り戻すように咳払いした。

「……些細なことよ。他人にあなた達のことを任せて、のうのうと後ろに控えるなんて真似をするよりはね」

オルクスを始めとした他の魔族達はその言葉に感銘を受けるよう、どよめく。

「アンゼリカ様！　あなたは、ボクが思っていた通りの方です！」

抱きついてきたルーナの頭を、アンゼリカは微苦笑しながら撫でた。

「本当に、いいんだな？」

念の為に確認したルインに対して、アンゼリカが鼻を鳴らす。

「王に二言はないわ。さっさとなさい」

「……分かった。【魔王従属】」

ルインが唱えると、音もなく託宣が現れた。

『対象の抵抗値はスキル成功圏内です。テイムを実行しますか？』

「ああ。【支海の魔王】アンゼリカを――テイムする！」

ルインが託宣に触れると、スキルが発動した。

眩いばかりの光が瞬き、それは一つの形をとる。

出現した首輪が滑るように空間を移動し、アンゼリカの首に嵌まった。

直後に、託宣の内容が変化する。

『テイム成功。魔王アンゼリカはルイン＝シトリーの配下になりました』

それと共に、アンゼリカの首輪は泡のように消え去った。しかし、効果は依然として継続している。その証拠に、

「……これは……本当だわ。魔力が相当に戻ってる」

アンゼリカが、信じられない、というように自らの体を見下ろしていた。

「これで無事に三人目の魔王を配下にしたか。ならば我らの此度の目的は果たされた」

にやり、と笑ったサシャが、両手を高く掲げる。

「後は、目の前の敵を排除するだけじゃ！」

次いで彼女は、腰を捻って黒き炎を投擲した。それは増援として上陸し、ルイン達の方へと向かってきていた冒険者や武装した兵士達を薙ぎ倒していく。

だが直後に、三度目の一斉攻撃が実行された。

雨霰とばかりに迫る矢と精霊術の群団を、アンゼリカが真っ向から迎え撃つ。

「さっきはよくもこのあたしに恥をかかせてくれたわね……！　懲罰ものよ！」

彼女は激流を虚空から生み出すと、それを再び壁のようにして展開した。

先程と違い、矢と精霊術を完璧に受け止め、更に、

「――全部まとめて、返すわ！」

それらを、逆方向へと跳ね返した。

無数の攻撃が、敵の方へと戻っていき、海に浮かぶ巨大な船を次々と破壊していく。

「おお！　さすがは魔王様だ！」

魔族達が歓声を上げるのに、アンゼリカは心なしか誇らしげに胸を張った。

「じゃ、私もやろうかな」

リリスは背中から鳥を思わせる双翼を生やすと、天高く飛び上がる。

空気を切り裂くようにして高速で移動し、艦隊まで近付くと、大きく息を吸い込んだ。

吐き出す――と同時に太陽が如き巨大な炎球が生まれ、それは瞬時に分裂する。

空を埋め尽くす炎の群れが、一斉に艦隊目掛けて落下していった。

爆発と共に各所で劫火が上がり、それらはあっという間に船を呑み込み、燃やし、炭と化して海へ散らす。スキルによる衝撃波を纏う矢や、精霊術が唸りを上げるも、彼女はそれらを片っ端から、変化した魔物の腕によって弾き、砕き、無効化していった。

「へえ。あの子も結構やるわね」

アンゼリカは感心したように言いながらも水を操り、部下達を守るよう冒険者や兵士を倒し、果ては遠方の船に至るまで次々と攻撃していった。

その一方で指を鳴らし、海中から巨大な魔物を次々と呼び出す。シーサーペントやクラーケン達が咆哮を上げながら巨大な船を襲撃していった。

「ぐっ……し、しかし、その程度では屈(くっ)しはしない！　まだ船は残っているんだ！」

フィードはわずかに焦った様子を見せるも、すぐに余裕を取り戻した。

その発言を、苦(くる)し紛(まぎ)れ、とまではいえない。確かにリリス達の攻撃によって幾らかは削れたものの、未(いま)だ敵の勢力は衰(おとろ)えてはいなかった。

「……サシャ、なるべく大きな炎を用意しておいてくれるか」

だとすれば、やることは一つだ。ルインは状況を見極めた上で、口を開く。

「む？　構わんが、どうする？」

「相手の戦意を喪失(そうしつ)させるには、少し派手にやる必要がある。オレに考えがある」

端的にそれだけを伝えると、サシャはわずかに眉(まゆ)を顰(ひそ)めたが――やがては微(かす)かな笑みを浮かべて見せた。

「分かった。やってみせるが良い。【絶望破壊(グラン・ディスティア)】！」

サシャが手を突(つ)き出すと、大量の炎が噴(ふ)き出した。それらは空を喰らい、焼き尽くすようにして高く高く昇(のぼ)り詰める。

「皆(みんな)、頭を下げろ！」

ルインが大声で指示を出すと、前方で戦闘(せんとう)をしていた魔族達(たち)は驚(おどろ)いたように立ち止まり、次いで言われた通りに姿勢を低くした。

「魔装覚醒（まそうかくせい）！」

素早（すばや）くスキルを発動。ルインは顕現した漆黒（しっこく）の炎に手を突っ込むと、目当ての武器を引っ張り出す。巨大な鉄球が繋（つな）がった鎖の柄を握（にぎ）り、勢いよく旋転した。

「吼えろッ！　王命隷縛（れいばく）ッ！」

ルインが鉄球を投擲し命じると、武器――【獣王（じゅうおう）の鉄槌】が応え、その身を変化させる。

鎖が何処までも伸長（しんちょう）し、魔族達や冒険者（ぼうけんしゃ）達の頭を飛び越（こ）え、海上へと走った。

更に勢いは止まらず、軌道（きどう）を変えて、十隻（せき）あまりの艦隊を囲むように何重にも渡（わた）って円を描く。

「ルイン、お主、まさか……」

これから起こるべきことを予見し、しかしそんなことがありえていいものかと惑（まど）うようにして、サシャが見てくる。ルインはそれに構わず、柄（え）を引いた。

鎖によって出来た輪が縮まり、十隻の内、外側に位置していた幾つかの艦隊を締め付ける。得物がもたらす力によって船の動きは停止し、いかに舵輪（だりん）を回そうとも、そこから逃（のが）れることは出来なかった。

そこで更に、ルインは、ある行動に出る。

「おおおおおおおおおおおおおおおおおおおおおっ！」

両足を広げると鎖を掴み、渾身の膂力を込めて、更に強く引っ張り込んだ。

直後。鎖の輪に捕らわれていた艦隊が、強制的に中央へと寄せられていく。

その動きに、内部にいた船までもが互いに衝突し合いながら、巻き込まれていった。

その結果――。

艦隊同士が衝突し合いながらも、無理矢理、一か所に集合することとなる。

「は……はあああああああああああああああっ⁉」

目の前で起こった事が到底受け入れられないというように、フィードが頭を抱えながら、砂浜に両膝をついた。

「今だ、サシャ！　炎をぶつけろ！」

「いや無茶苦茶じゃな、お主⁉」

サシャは慄きながらも、漆黒の炎を頭上高く集め、それを放った。

巨大な黒火は群れとなりながら艦隊を喰らい、一瞬にして塵と化す。上手く船のみを狙ったようで、ばらばらと船上にいる者達が海に落ちていく様子が、遠目に見てとれた。

「さすがサシャだ。あれだけの数を纏めて破壊するなんて、相当な威力だな」

「事前に見せられた埒外の現象のせいで、いまいち褒められているような気がせんな！」

戦慄している様子を見せているのは、サシャだけではなかった。

魔族達はもちろん、サシャの炎から逃れ、攻撃を仕掛けようとしていた冒険者や兵士達でさえ――。

非現実的な光景を目の当たりにしたというように、海の方を見て棒立ちになっている。

「さ、さっきのなに？　あなた、本当に人間なの？」

アンゼリカまでそれまでの尊大とも思える表情を一変させ、不可解極まりないといったようにぽかんとした様を見せていた。

「こ、こんなことまで出来るなんて……ルインさんは本当に格好いいです!!」

一人、ルーナだけが無邪気にはしゃぎ、駆け寄ってくる。

「ルインさんは、どうやってここまでのことを成し遂げられるようになったんですか!?」

「ううん？　ハイレア・ジョブの恩恵で身体能力が増しているっていうのもあるけど。後はまあ、地道な訓練かな」

「おお！　じゃあ、ボクも努力を重ねれば、ルインさんみたいになれますか！」

「なれると思うよ。大丈夫」

「おい、こやつのこういう言葉だけは信用するなよ」

サシャの忠告も、ルーナには届いていなかった。彼女は「やった！　頑張ります！」と決意を新たにするようにして、喜んでいる。

「な、なんなんだ、キミは……！　化け物か⁉」

先程までとは一転。フィードの顔に浮かんでいるのは、はっきりとした畏怖だった。

「さあな。それよりさすがに理解できた頃だろう。君達はこのままだと、確実に負けるぞ」

ルインは【獣王の鉄槌】を消すと、代わりに【破断の刃】を呼び出した。

「何せ君達が相手にしているのは、オレだけじゃない。三人の魔王もいるんだからな」

その言葉に、我に返った様子の冒険者達が、一斉に怒号を飛ばし始める。

「……おい、どういうことだ。支海の魔王は封印されているんじゃなかったのか。いや、それだけじゃない。魔王が他に二人いるだと⁉」

「話が違うじゃない！　魔族だけだって聞いてきたのに！」

責め立てる彼らに対し、フィードは振り返って、

「落ちつけ。どうせはったりだ。封印された魔王がこんなところにいるわけがない」

「だったらそこの三人が見せてる力はなんだよ！　おかしいと思った！　どう考えても尋常じゃねえだろ⁉　ただの魔族が使う権能じゃありえない！」

「そ、そうですよ。魔王だって言われた方が納得できます！　それにそこの人だって！　あんなとんでもないことをする人と戦えるわけないでしょ⁉」

冒険者だけではなく、王から派遣された兵士でさえも、怯えたような表情を見せている。

「ゆ、勇者殿。ここは撤退すべきでは？　我々もさすがに、船を丸ごと纏めて消してしまうような輩と戦う準備はしておりません」

その内の一人が言うと、他の者達も一様に頷いた。

「キミ達までなんだ！　王の命を受けた精鋭達だろう!?　情けないぞ！」

フィードが責めるような声を上げるのに、サシャが横から口を挟んだ。

「賢明な判断じゃな。わらわも人間といえど、無用な殺生は好かぬ故、今は気絶させるだけに留めておる。しかし――」

壮絶なまでの、残忍な笑みを浮かべて、彼女は続ける。

「――これからもそうであるという保証は、せぬ」

冒険者や兵士達が血の気の引いた顔を見せた。戦意が喪失していく様子が見てとれる。

「ええ。あたしとしては別に、あなた達を全滅させても一向に構わないわよ。……長い間封印されてきた鬱憤を、せいぜい晴らさせてもらわないとね」

次いでアンゼリカが言うに至り、彼らは遂に限界を迎えた。

「く、くそ、やってらんねえ！　おれ達はここで退かせてもらうからな！」

「そ、そうよ。いくら報酬が高いからって死んだら意味なんてないわ！」

「……勇者殿。申し訳ありませんが、私も部下の命を無駄に散らすわけには参りません。

一旦ここは退いて、態勢を整えさせて頂きます。より多くの部隊を編制し、また戻って参りますので」

冒険者達、それに兵団の長らしき男は言うと、ルイン達に背を向けて駆け出した。

「あ……お、おい、待て！　魔族達を連れて戻れという王の命令を忘れたのか!?　おい！　戻ってこいッ！」

何度もその背に呼びかけるフィードだが、彼らは一度としても振り返らず、小舟に乗ると海へとこぎ出でた。

「……リリス！　残った船はそのままでいい。彼らにも帰る術が必要だ」

ルインが声をかけると、空中に浮遊していたリリスは頷き、帰還してくる。

「く……くそ！　どいつもこいつも……！」

フィードは苛立ちを隠そうともせずに、砂浜を蹴った。

「それで？　偉大な勇者殿。お主はどうするつもりじゃ？」

が、サシャからそう問いかけられると、彼はびくりと体を竦ませる。

恐る恐る、といった感じで振り返ったフィードに、

「一人でもやるっていうなら、喜んで相手になるぞ」

ルインがそう気軽な調子で呼びかけると、彼は一気に青ざめた。

「あ……あああ……ああああああああああああああ！」

間もなく、髪をくしゃくしゃと掻き乱すと、フィードは背中を見せ、一目散に逃げだす。

「待ってくれ！　僕を置いていかなくてくれえええええええ！」

そうして必死の形相で海を泳ぎ――動き始めていた小舟に乗り込むと、彼はそのまま去っていった。


「仲間も置いたまま尻尾を巻くとは。大した勇者がいたものじゃな」

「……ま、変に歯向かってくるよりは良かったよ」

ルインがそう返すと、サシャは「それもそうじゃな」と呟き、苦笑するのだった。


気を失ったままの冒険者や兵士、フィードの仲間達は彼らの船に乗せてそのまま流した。

アンゼリカによれば海流の関係によって、時間はかかるが港町の近くまでは行くという。

後は地元の漁師が見つけて回収してくれるだろうとのことだった。

「あたしとしてはどうでもいいんだけど。一応、海の魔物に働きかけて様子は見ておくわ」

そう言ったアンゼリカに、ルインは頭を下げる。

「ありがとう、アンゼリカ」

「……別に。この程度、大したことでもないわよ」

そう答えながらも、彼女は頬を赤らめながらそっぽを向いた。

「……ところで。ルーナ達は、これからも島で暮らすつもりなのか？」

アンゼリカ――彼らの守り続けた魔王が解放された今、この場所に固執する必要はない。

だがルインの問いかけに、ルーナ達はお互いを少し見た後で、揃って頷いた。

「色々ありましたけど、ここがボク達の故郷ですから」

「我々は今の魔王様に与するつもりはない。となれば他に行く場所もそう多くないだろう。幸い、ルインが作ってくれたこの『門』があれば、キバから食料を受け取れる。わざわざ離れる必要も無いように思えてな」

オルクスの考えは尤もだった。

現在――多くの人間は、現魔王側とそうではない魔族の区別がついていない。故に平和的であったり、もしくは必要外の争いを避けている者でも、討伐の対象となってしまう危険があった。で、あれば、慣れ親しんだ土地にこだわる気持ちも理解できる。

「そうか……でも、気になるんです。勇者達と王が差し向けた兵団はオレ達が退けました。ただ彼らは諦めたわけではありません。時間が経てば、またこの島にやってくる可能性はある」

「それは、そうじゃろうな。わらわ達もいつまでも居られるわけはない。都合よく、その時に助けてやれるかどうか」

「……確かにそうだな」

ルインとサシャに言われて気付いたように、オルクスはルーナ達と相談するよう、目配せした。しかし、上手い案が思い浮かばないのか、彼らは沈黙する。

「良かったら、なんですが。……オルクスさん達、サシャの城に来ませんか？」

そこでルインは、先程から考えていたことを口にした。

「サシャ様の……それって、キバさん達が暮らしているところですよね？」

「ああ、そうだ。サシャの城には結界が張ってあって、彼女が認めた者にしかその姿が見えないようになっている。人目を避けたいのなら、現状、一番適した場所だと思う」

「確かに、そうだな。しかし……」

オルクスは迷うようにして、仲間達に視線をやる。

「大丈夫です。この門はオレが消さない限り永続的に存在しますし、サシャの結界と同じで認めた者しか通れない。だからこの島に戻ってこようと思えばいつでも戻って来られるし、不味いと思えば逃げ込むことだって出来ます」

ルインは離れたところに立つ【破界の門】を指した。

「そうか。だとすれば問題はないが……皆はどう思う？」

「……。オルクスさん、ボク、行きたいです」

集団からいち早く声を上げたのは、ルーナだった。皆が驚いたように見る。

彼女は決然とした雰囲気で、ルインを見上げながら告げた。

「ルインさんは、ボクのことを『希望』だと仰いました。もし、サシャ様達の国に住むことで自分がそうなれるのなら……ボクと同じように魔族でも人間でもないことで悩んでいる誰かに、一歩踏み出す勇気を与えられるのなら。そうしたいんです」

「ルーナ、お前……」

幼いとばかり思っていた子が、いつの間にか親の思いも寄らぬ考えを持つようになっていた瞬間を、目にしたかのように。

オルクスは嬉しそうな、しかし、それでいてどこか寂しそうな表情を浮かべた。

「……そうだな。確かにお前のような『奇跡』を見れば、気持ちが変わる者もいるだろう」

それでも微笑みながら、彼はルーナの頭を、優しい手つきで撫でる。

「ええ。そうした中で――オレは、その『奇跡』を『普通』にしようと思っています」

ルインが断言すると、オルクスはしばしの間、口をつぐんだ。

しかしやがては、深々と頷く。

「そうだな。そうかもしれない。少なくともお前の言葉に嘘はないと、そう思える」

「で、でも、この島を離れるなんて……ここは魔王様の国だし……」

魔族の一人が想像もしていなかった事態に戸惑うように呟くと、他の者達も続いた。

「ああ。ずっと暮らしてきたわけだしな」

「故郷を捨てていくような気がして、ちょっと……」

が――彼らは、鼻を鳴らすような音が聞こえて、会話を止める。

「馬鹿馬鹿しい。郷愁っていうのかしら？　そんな形の無いものにいつまでも囚われているんじゃないわよ」

アンゼリカがため息を交えながら、嘆くように言った。

「言い過ぎじゃない。このヒト達だって、アンゼリカの為に生きてきたんだから」

リリスが見兼ねて注意するも、アンゼリカは尚も態度を崩さない。

「だからこそよ。あなた達が守り続けていたのは、あたしであって、この土地じゃないでしょう。なら、あたしと、それに、あなた達が『国』なのよ。だったらどこに居たって故郷は失われない。そうじゃない？」

「……アンゼリカ様……」

虚を衝かれたかのような表情を見せる部下達に、アンゼリカは魅力的な笑みを浮かべた。

「だったらこんな島、とっとと出て行きなさい。あたしと、あなた達が生きてさえいれば、国も、誇りも、歴史も失われない。——だからこそ、どんなことをしても生き延びるのよ」

「あ……あんぜりかざまぁ……！」

が、彼女はそこでぎょっとしたような反応を見せる。

ルーナが涙をぼろぼろ零しながら、よろよろと近付いてきたからだ。

「ありがとうございます。そんな風にいってぼらえて、ぼ、ぼくはぁ……！」

「わ、分かった、分かったからやめなさい。あなた、そういう状態であたしにもしかして抱きつこうとして……ちょ、だから、やめ、ああ、ああああああああ！」

逃れようとしたが間に合わず、アンゼリカはルーナに抱きしめられて、衣服に涙と鼻水を思い切り擦りつけられた。

「……勿体ないお言葉、ありがとうございます。アンゼリカ様の仰る通りです」

オルクスもまた、深く感じ入ったようにルインを見る。

「ルイン。——頼む。お前達の国で暮らさせてくれ」

後ろに控えている他の魔族達も、異論はないというように頷いた。

「……分かりました。ありがとうございます。こちらこそ、歓迎します！」

ルインは深々と頭を下げると、魔族達はわっと盛り上がる。

「我らを奴隷として連行しようとする者もいれば、お前のように躊躇いなく仲間に引き入れる者もいる。確かに……人間も魔族も、纏めて語ってはならないのかもしれない」

言ってオルクスの差し出した手をルインは、力強く握り返した。

「……良い形で決着して何よりじゃ。して、アンゼリカ、お主はどうするのじゃ」

サシャに問われて、なんとかルーナを引っぺがそうとしていたアンゼリカは、

「ああ、もう、この子は……あたし？　テイムされた以上はそこの人間についていかなくちゃならないんじゃないの？」

「そういうわけじゃない。まあ、一緒に来てくれればうれしいけど」

もちろん、強制することは出来なかった。ただし、

「君が各地で暴れ回るとか、そういうことをするなら、魔王使いとして制する必要はあると思ってるけどね。そうでないなら、ルーナ達と一緒にサシャの城で暮らしても構わないし、一人で世界を旅してもいいよ」

「変な奴ね。せっかくテイムしたんだから好きなように扱えばいいのに」

「それは私も思った。でも、ルインはそういう人間なんだよ。言ってしまえば……変態？」

「もっと他に言いようがあっただろ……」

ルインが頰を掻くと、リリスは「なにか問題あった？」と不思議そうな顔をする。

「ふん。そうね。……魔物達の報告によれば、今回の騒ぎはそもそも、人間の王に、ラシ

カートの住民の誰かが島のことを報告したのが原因なのよね」

「ああ、そうみたいだな」

「だったら、そいつを締めあげてやりたいわ。どんな事情があったにせよ、あたしの配下を陥れるきっかけを作ったんだから」

「気持ちは分かるけどあまり乱暴な真似は……と言いたいところだけど。その件に関しては、寧ろ積極的にやった方がいいのかもしれない」

ルインの言葉にアンゼリカが首を傾げていると、サシャが続いた。

「そうじゃな。これまでの流れを察するに――そもそも、この騒動の元凶は現魔王にあると思った方がいい。その密告者は、彼奴の手によるものじゃろう」

「今の魔王の？　どうしてそう思うのかしら」

「簡単な話、あの街の誰かが王に密告することに、それほど益がないからじゃ。寧ろ失う物の方が多いじゃろう」

港町は、良質な武器や防具を国に流通させることで、かなりの資金を得ていた。

その為、裏側をあえて暴露することで得るものは、ほとんどないと言っていい。

実際、街の住人達も口を噤み、島には自分達以外向かわせないことを徹底していたのだ。

にも拘わらず、特別な事情も無しに住民が独断で国王に魔族との繋がりを密告するというのは、いささかに不自然である。

「単に義憤にかられた、とか、そういうことじゃないの？」

「だとすれば、とっくの昔に事は露見しておるじゃろう。問題は、なぜ最近になってそれが発覚することになったのか、じゃ。支海の魔王、即ちアンゼリカ、お主が封印された場所を突き止めた現魔王が動いた、ということであれば納得はいく」

「ううん。でも、善意ある第三者が何かをきっかけに事実を知って密告した、ということもあるんじゃないの？」

アンゼリカの呈した疑念に、サシャは首を横に振った。

「それもいささか不自然じゃ。あれだけ情報管理がなされていたことを、一介の人間が知るのは相当に難しいからの。実際、長きにわたって秘密は守られてきたわけじゃから」

「だけど今回、それがバレてしまった。だとすれば『街の住人ではないが、彼らの隠し事を把握できる者』が国王に明かしたと考えた方がいい。そんなことをして得をするのは、今の魔王に関係する奴くらいだ」

ルインがサシャの話を繋ぎながら、自らの推論を述べる。

「現魔王は何らかの事情によって、封印された魔王を解放しようとしている。だからまず、権能によってラシカートの住民達を扇動し、ルーナを捕らえようとした。……いや、捕まえなくても良かったのかもしれない。要は『人間が魔族を裏切った』という事実を彼女に植えつけさせすれば良かったんだ」

アンゼリカが「うん？」と小首を傾げて先を促すのに、ルインは続けた。

「どのみち、勇者達が島にやってくれば理解することだけど……ルーナが逃げれば、島に帰った際、彼女の口から実体験としてそのことが伝えられる。それはそれで真実味が増すからな。ともあれ、いずれにしろ、彼らは勇者達の姿を見て、裏切った人間達が自分達を殲滅しにきたと思うだろう。そこに、現魔王の刺客がやってきて、人間達に対抗する為にはアンゼリカの封印を解くしかない、自分にはその力がある、と言われたらどうするかな」

「……縋るしかないだろうな。その人物に。なるほど。そういうことか」

オルクスは合点がいったように、頷いた。

「ああ。その上でアンゼリカ、君が復活して部下達が人間に捕らわれようとしているのを見たら、どうしていた？」

「それは……徹底的に排除しようとしたでしょうね」

「うん。そうして人間達に対して敵意を植え付けたところで、現魔王本人、もしくは近しい配下達が駆けつけて仲間に加わり、共に彼らを倒す――。そんな図を描いていたとすれば、どうだろう」

「……。あたしはそのまま、現魔王側についていたわ」

確信をもってアンゼリカが頷くのに、ルーナが声を上げた。

「ま、待って下さい。じゃあ、その……今の魔王様は、アンゼリカ様を仲間にする為に、ボク達を犠牲にしようとしたということですか⁉」

「必然的にそうなるな。アンゼリカの部下が傷つけば傷つくほど、彼女は人間に対して憎しみを抱くはずだ。そこを利用して引き入れようとしたのかもしれない」

ルインの見解に、ルーナは珍しく、怒りを露にする。

「ひどいです！　そんな……同じ種族を道具みたいに……！」

「魔族でも、自分に従わないのなら無用の存在。そう考えているのかもね」

リリスの言葉は、今までの話を総合するに十分ありえることだった。

「……なんということだ。今の魔王様がそのような恐ろしい思想をお持ちだとは」

沈痛な面持ちで首を振るオルクス。他の魔族達もまた、不安にくれた顔をする。

「……それが本当にしろ、そうでないにしろ。結果的にあたしの配下が酷い目にあったのなら同じことね。気に入らないわ」

舌打ちし、アンゼリカは、吐き捨てるような口調で言った。

「直に会ってぶっ飛ばしてやらないと気が済まない。ルイン、あなたが旅をしていれば現魔王と関わることが多くなるのよね？」

「そうだな。オレもかつての魔王を封印から解こうと動いている。目的が同じなら行動が重なることもあるだろう」

「分かった。だったら、同行してあげるわ。よりにもよってこのあたしを利用しようとしたこと――後悔させてあげる」

　アンゼリカが、海底の如き暗く冷たい笑みを浮かべる。

　だが彼女は次いで、わずかに表情を緩めると、ルインに視線を向けて来た。

「それに……あなたみたいな奴が他にも居るのなら、人間と魔族の融和、考慮に入れてあげてもいいわ。あなた、人間の中ではかなりマシな方よ」

「本当か⁉　ありがとう！」

　素直に答えたルインに、サシャがやれやれというように首を振る。

「どこまでも生意気な女じゃな。素直に感謝していると伝えれば良いじゃろうに」

「べ……別に感謝なんかしてないわよ⁉　……それは、まあ、この人間のおかげで部下達を守ることが出来たのは事実だけど……」

　腕を組み、頬を赤らめながら顔を背けるアンゼリカだったが、

「アンゼリカ様、ダメですよ。お礼はちゃんと言わないと」

服の裾を掴んだルーナに言われて「うっ」と痛いところを突かれた顔をした。

「ボク達はルインさんが来てくれたから、今も生きていられるんです。本当にありがとうございました！」

姿勢正しく一礼するルーナに、オルクスや他の魔族達も同様に頭を下げてくる。

「ああ、いや、そんな。オレだって自分の目的があって来たわけだし……」

ルインが慌てて首を振ると、サシャが高笑いを始めた。

「フハハハハハハ。君主からは想像も出来ぬほど礼節を弁えた者達よ。しかしてアンゼリカ、王は民の模範とならねばならぬとわらわは思うが？　思ったり思わなかったり思ったりするのじゃが？　じゃが？」

「ぐっ……くっ……ああもう、分かったわよ!!」

根負けしたようにして、アンゼリカは腕を解くと、口を開いた。

「今回の件、感謝しているわ。サシャ、リリス、人間……いえ」

未だ視線を逸らし、顔を赤らめながらも、はっきり告げる。

「魔王使いルイン。――ありがとう」

「……うん。これからも、よろしく」

笑みを浮かべて手を差し出すと、アンゼリカは一瞬、躊躇する素振りを見せながらも―

──やがては柔らかく握り返してくるのだった。

「まったく。素直じゃないね」

肩を竦めるリリスに、サシャが「お主だけは言えた義理ではないぞ」と突っ込む。

「そ、そうと決まれば、とっとと出発するわよ!? オルクス、あなた達の船を使わせてもらうから！」

「はい。どうぞご自由に」

オルクスの許可をとると、アンゼリカは「さっさとついてきなさい！」と歩き始めた。

「まったく。どちらが主か分からぬな、ルインよ」

「いやそれはまあ、君にも言えることだけどね」

「人のふり見て我がふり直せという格言がある」

「リリスも他人事じゃないからな」

掛け合いをしながら、ルインはサシャ達と共に歩き始めた。

「と──その前に、キバ達に、オルクスさん達のことを相談しに行くか。アンゼリカ！　少し待っていてくれ！」

ルインは言って、足先を門へと変えた。

「ま……問題ないじゃろう。彼らも歓迎してくれるはずじゃ」

確証がないと言えば、確証のないサシャの言葉。だが、ルインは躊躇いなく頷く。

「ああ。キバ達なら、大丈夫さ」

それは、異種族との間に生まれた、確かな信頼だった。


その後――。無事にキバ達もオルクス達を受け入れてくれることが決まり、ルイン達は船に乗って出発することになった。

「ルインさん！　サシャ様！　リリス様！　それに、アンゼリカ様！　お元気で！　どうか……どうかおげんき……でえええええ」

桟橋から島を離れて間もなく、ルーナが泣きながら手を振り始める。

「ボクぅ、ルインざんみだいにぃ！　づよくなりますがらぁ!!」

「わ、分かった。成長した君とまた会えるのを待っているから！　もう泣かないで！」

「そろそろ、年頃の娘がしていい顔ではなくなっているぞ!?」

ルインとサシャが声をかけると、ルーナは目元を拭い、いつものような笑顔を見せる。

「世話になった！　お前達の旅が無事に目的を果たせることを、祈っている！　アンゼリカ様を宜しく頼む！」

オルクスの張り上げた声に、アンゼリカが堂々と答える。

「逆よ、オルクス！　あたしがこいつらを宜しくするの！」

その変わらぬ態度に、オルクスや他の魔族達の間で笑いが弾けた。

やがて彼らの姿は、少しずつ、小さくなっていく。

「……部下達のことが心配？」

それでも尚、島を見つめ続けるアンゼリカに、リリスが問いかけた。

「そうね。あたしはあたし自身と、あたしを慕う者を何よりも愛しているの。手元を離れるのは、心の一部が千切れて舞うみたいよ」

「平気だよ、なんて無責任なことは言えないけど。それでも、サシャの力は強い。彼らが人間に見つかることは、早々ないと思うよ」

「……そう祈るわ」

ため息交じりに言って、アンゼリカはそれからも、潮風に当たり続けた。

「しかし、これで魔王も三人目。新しく国に住む者も得られたか。まずは順当、と言っていいのかもしれぬな」

サシャの言葉に、ルインは頷く。

「ただ……次は人間を仲間にしたいな。両種族が居てこその『融和の国』だ」

「うむ。しかし今までよりも障害となる物は高くなるじゃろう。現魔王側でない魔族は、自らの境遇が仕方のないことだと受け入れている。自らが迫害されるに足る理由を持っているのだと、それを理解しておるのじゃ」

かつて人間を支配し、虐げていた歴史を持つが故に。

「だからこそ自分達が許されると知った時、人間と共に生きるという選択肢をとるのにも比較的、寛容になるってことか？」

「うむ。じゃが、人間は違う。魔族は総じて駆逐するもの。アルフラ教の伝承によってただ『そうである』として認識しておるのじゃ。ルインやセレネのように違和感を覚えていた者は少ない。今回の港町の連中や、キバ達に物資を提供しているウルグの領主のように、相互利益による関係であるならまだともかく――」

「完全に協同するのは、難しい、か」

それでも、尚。やるべきだ、とルインは思っていた。その一線を越えなければ、自分達の目的が荒唐無稽のそしりを受けたところで否定など出来ないだろう。

「やってみせるよ。魔族と共に生きることを、良しとする人達を探す」

「うむ。わらわも同じ想いであるぞ。成し遂げてみせようではないか、相棒」

背中を強く叩かれ、ルインはサシャに、笑顔を見せた。

「ありがとう、サシャ。頼りにしてるよ」

「なに。こちらこそ、じゃ」

同じく微笑みを浮かべるサシャ。

しかし次の瞬間、いわく表現し難い音が鳴った。

彼女は無言でお腹の辺りを撫でて、再び口を開く。

「……腹が減った」

「ええ⁉　ここで⁉　なにもないけど⁉」

「腹が減った！　腹が減った！　腹が減ったのじゃああああああああああ！」

地団駄を踏んで暴れ出すサシャに、先程まで確かにあった指導者としての威厳はない。

「そういえば私もお腹空いた。ご飯まだ？」

「人間。あたしも食事を所望するわ。テイムした以上、あなたはあたしを養う義務があるの。支海の魔王を満足させるだけの品を用意してくれるんでしょうね？」

続いてリリスとアンゼリカからも要求され、ルインは諦め気分で言った。

「……なんとかするから、待って」

目指すべき目標はまだ遠く――。

まずは直面した小さな問題を解決すべく、頭を巡らせるのだった。

最終章――未来の光影

謁見の間。部下からの報告に、フィクシス王は即座にいきり立った。

「まだ見つからんだと……!?」

玉座の肘掛を力強く叩くと、頭を垂れる兵団長に怒号を飛ばす。

「既に一カ月が経とうとしておるのだぞ!? 一体、お主らは何をしておるのだ！」

「も、申し訳ありません。何度も島やその周辺を捜索しているのですが、魔族どもの姿はどこにもなく……」

肩身が狭そうにして述べる兵団長に、王は苛立ちを隠しもせずに声を荒らげた。

「あれだけの数が前触れも無く消えたというのか!? ありえるわけがないだろう！」

「わ、私もそう思いましたが、奴らの島には奇妙な門があるだけで他に何も痕跡がなく。故郷を捨ててどこかに逃げたとしか……」

「その門とやらを利用したのだろう！ とっとと調べたらどうだ！」

「ですが、その、いくら見たところで何が起こることもなく。部下が何人も通りましたが、向こう側に突き抜けるだけでして」

「……おのれ。報告にあった奇妙なスキルを使う青年とやらの仕業か？　勇者を退けるだけでなく、魔族どもを纏めて連れ去るとは」

如何ともしがたい事態だ。気ばかり焦り、打開策がまるで見つからなかった。

「やはり、島の鉱石だけでは同じような武器や防具を造ることは出来ないのか？」

「はっ。ラシカートの連中も試したそうですが、生み出されたものは以前のものとは雲泥の差だそうで。やはり奴等のもつ技術でなければ成し得ないことのようです。幸い、巨大魔物の動きが沈静化したおかげで、漁業の方は無事に再開できるようになったようですが」

「幸い？　なにが幸いだ！」

憤慨のあまり眩暈がしそうになりながら、王は歯を食い縛る。

「ラシカート製の武具が流通しなくなったせいで、他国からの輸入要請も極端に減り、我が国の利益は急落を辿っておるのだぞ!?　国防という点でも著しく弱体化することは否めん！　それをもってなにを幸いと言っているのか、お主は！」

「も、申し訳ありません！　引き続き、奴等の行方を追跡しておりますので……！」

兵団長がそう言うしか他にないことは、王も理解していた。

しかし、だからといって、自国が窮地に追いやられつつあることは変わらない。

「……あの男……ノウグといったか。そもそもあの男さえいなければ、このようなことにはならなかったものを。おい、ノウグを捜せ。奴に責任をとらせる！」

最早、八つ当たりに近いことではあったが、そうでもしなければ収まりがつかなかった。

「そ、それが、ラシカートの連中を尋問したところ、そのような男は存在しないと」

「……なに？　存在しない？　存在しないとはどういうことだ!?」

「はい。その、どうやら、住民の中にノウグという名を持つ男はおらず。何者かがラシカートの住民を騙ったのではないかと」

今度こそ、倒れそうになった。王は苦しみに頭を抱え、喘ぎ声を出す。

「どういうことだ。なんの目的があってそのようなことをしたというのだ……!?」

どのみち、何もかも、先は閉ざされてしまった。最早、王に残されているのは絶望的なまでの事後処理だけだ。ラシカート製の武具という、最も価値のある物を失った今、フィクシス国には以前のような繁栄は望めない。どうすればいいのか見当もつかなかった。

「ああ……ああああああ……」

後悔だけが怒涛の如く押し寄せて来る。魔族を奴隷にしようなどしなければ。いや、遡ると、事を暴こうとさえしなければ、このような結果にはならなかったのに。

だが今更、そのように反省しても――もう遅い。

「あああああああああああああああああああああああああああああああああああっ！」

王は玉座から転がり落ちると、喉（のど）を潰（つぶ）さんばかりに絶叫（ぜつきょう）したのだった。

※

「……ふむ。上手（うま）くいかなかった、か」

何処（どこ）までも深く、濃（こ）い闇（やみ）の中。

魔王は長椅子（ながいす）にしなだれかかりながら、手にした果実に歯を立てた。

「は。【黒き種子（ヴェドゴア）】の権能（けんのう）を使う者を伴（ともな）い、住民と魔族との間に不和を起こすことには成功しましたが……結果的には魔王使いの介入（かいにゅう）により、当初の計画は機能しなくなりました。申し開きも御座（ござ）いません。二度に亘（わた）る失敗による叱責（しっせき）は覚悟（かくご）の上に御座います」

眼前に跪（ひざまず）く配下は、怯（おび）えの色もなく述べる。

「どうかわたくしめに罰（ばつ）をお与え下さいませ。ついては別の者に任をお与えなさることに異を唱えるつもりもなく——」

「よい、よい」

だが魔王は特に感情を乱すこともなく——。

指先を伝い、手の甲に垂れる果実の汁を、長く赤い舌で舐めとった。

「そうなることも想定しておったわ。以前にも云うたが、魔王が復活しさえすれば、それで良い。他は全て些末事よ」

「……寛大な御処置に感謝致します」

「いわば此度は遊戯と同じ。相手が駒を進めるのであれば、こちらも別の駒を進める。その結果、勝利しようが敗北しようが大差はない」

くつくつと、低く笑いながら、魔王は食べかけの果実を投げる。

指先を鳴らすと——それは、小さな音と共に、木端微塵と化した。

「どうせ最後に盤上をひっくり返せば、全てはあえなく終わりとなる」

そうして視線を配下へと向けて、魔王は目を細める。

「だが、いつまでも負けたままというのも癪よな。そろそろ……面白い駆け引きを、見せてくれるのよな？」

「はっ。次こそはご期待に沿えるべく、尽力する所存に御座います」

「うむ。ま、適当にやるが良いぞ。退屈しのぎに待っていてやる」

魔王は口元を緩やかに曲げていき、やがては嫣然と微笑みながら、歌うように言った。

「魔王使いがどう足掻こうと——所詮は、指し手の思うがままよ」

Fin

あとがき

誰かと生きるという上で、まず認識しなければいけないのは「他人は自分と違う存在である」ということだと思います。

当たり前のようにも思えますが、これが中々に意識することが難しい。

ついつい、自分と異なる部分について反発してしまったり、改めさせようとしてしまったりしてしまいます。

もちろん、それが必要な場面もあるのでしょうが、何もかも自分と一緒にしようなんていうのは、少々、乱暴な気もします。

ですので、まずは前提を理解すること、理解した上で受け入れること。

それが出来れば、より多くの人達と交流出来るようになるのではないでしょうか。

そんなことを考えつつ書いていたのが「魔王使いの最強支配　2」でした。

お久しぶりです、空埜一樹です。

もちろん、読者の皆様におかれましてはそのような難しいことをお考えになることなく、気軽に楽しんで頂ければ、それが作者にとって幸いにございます。

２０２２年も無事に明けまして、この本が出る頃にはお正月気分もそろそろ抜けて来た時分かな、と思っておりますが、いかがでしょうか。

とは言え季節はまだまだ冬。外では寒風吹きすさび、誰もが上着の襟を合わせて歩いていることでしょうが、本編では完全な夏。

灼熱の太陽が肌をじりじりと焼き、むっとするような空気が世界を支配する――そんな雰囲気でございます。

これは単にヒロイン達の水着姿を書き、それをイラストに起こして頂きたいとか、そんな欲望まみれな思考でやったわけではありません。ええ。まったく。違います。違うって言ってるだろ！

……失礼、取り乱しました。話題を変えます。

今これを書いている最中、まだまだ世間は新年まっただ中なわけですが、ぼくも少しばかりお正月休みを頂いておりました。とは言えもう良い大人なのでお年玉をもらうわけでもなく、かといってあげる相手がいるわけでもなく。

ただひたすらに酒を呑んでゲームをして過ごすという、割にどうしようもない生活をしていたわけですが……。

そんな中、長年やっていたゲームでついに待ち望んだ推しキャラが自分のもとにやってくるという幸運に恵まれ、それはもうテンション爆上がり、掲げた拳は天を突き、上げた雄叫びが地を割り、流した涙は大海をきずきました。

これは新年早々めでたいことだ、今年はワイの年やでーっ！

……と思ったタイミングで、滅茶苦茶にお腹壊しました。

2022年も明けて間もない頃、トイレとお友達になる羽目に。

なんなの？　これは罰なの？

それとも、元々自分はそういう宿命のもとに生まれたの？

などと目に見えない流れを呪うところまでいきましたが、今はもう完治しておりますので、ご心配なく。

しかしぼくは以前からこのような体質で、何か良いことがあれば次に「すっごく悪くはないけど、かといって無視できるほど小さくはなく、ほどほどに嫌なこと」がやってくるという法則があります。だから幸運に恵まれても素直に喜べないというか、「もしやこの後なにかあるのでは……」と警戒してしまうというという。

その為今回も「やっぱりなー！　そうだよなー！」と思うところもありましたが、腹が立つことは腹が立つので、至急にこのルールを改善して欲しいと神様にお祈りしているところです。初詣には行こう。

ということで（なにがということなのかは知りませんが）謝辞へと移ります。

担当のS様。毎度、色々とお世話になっております。本年もお世話になると思いますし、そろそろこちらからお世話をするような何かがあれば……と思っておりますが、特に思いつかないので、よろしくお願い致します。

イラスト担当のコユコム様。素晴らしい挿絵の数々をありがとうございます。ぼくの欲望……いえそれとは関係なく見目麗しいヒロイン達の水着姿を描いて頂き、眼福にございました。猫耳リリスもお気に入りです。

様々な場面で感想を下さる方々。常に感謝しております。本当にありがとうございます。

そして本作を読んで下さった全ての方々へ。最大限の、感謝を。

それではまたお会いしましょう。

一月　空埜一樹　ＢＧＭ『無し』

ブログ　『空ノページ』　http://sorano009.hatenablog.com/

HJ文庫 https://firecross.jp/
979

魔王使いの最強支配 2

2022年2月1日　初版発行

著者——空埜一樹

発行者—松下大介
発行所—株式会社ホビージャパン

〒151-0053
東京都渋谷区代々木2-15-8
電話　03(5304)7604（編集）
　　　03(5304)9112（営業）

印刷所——大日本印刷株式会社

装丁——木村デザイン・ラボ／株式会社エストール

Printed in Japan

ISBN978-4-7986-2718-2　C0193

ファンレター、作品のご感想お待ちしております

〒151－0053　東京都渋谷区代々木2－15－8
(株)ホビージャパン HJ文庫編集部 気付
空埜一樹 先生／コユコム 先生

伝説の魔導王、千年後の世界で新入生になる 1
～零からやり直す学園無双～

著者／空埜一樹
イラスト／ぷきゅのすけ

転生した魔導王、魔力量が最低でも極めた支援魔法で無双する!!!!

魔力量が最低ながら魔導王とまで呼ばれた最強の支援魔導士セロ。彼は更なる魔導探求のため転生し、自ら創設した学園へ通うことを決める。だが次に目覚めたのは千年後の世界。しかも支援魔法が退化していた!?　理想の学生生活のため、最強の新入生セロは極めた支援魔法で学園の強者たちを圧倒する――!!